Tracy Ann Norris

TIME OUT

Roman

Dieses Buch beruht auf einer wahren
Begebenheit. Namen und Details wurden
allerdings geändert, um beteiligte Personen zu
schützen, wie auch mit Absicht keinerlei
Ortsangaben gemacht wurden

Umschlaggestaltung und Layout: Tracy Ann Norris,
Sabine Appel (Multimedia-Appel), Rodenbach
Fachliche Anleitung und Klappentext: Matthias Mayer
Herstellung: Libri Books on Demand
ISBN 3-8311-1356-4

An alle, die die Entstehung dieses Buches
ermöglicht haben.
An meine Familie, meinen Mann und meine
Freunde für ihre Hilfe und Geduld.
An Matthias für die fachliche Anleitung.
Danke!

Mitte September

Der Gefängnistransporter rollt durch ein großes Tor in den Vorhof des Gefängnisses, er bleibt stehen und die beiden Wärter steigen aus, die Hecktüren werden aufgeschlossen und ich werde aufgefordert auszusteigen. Ich stehe auf und gehe mit ein paar Schritten bis zum Heck des Fahrzeugs. Da die Ketten an meinen Füßen keine großen Schritte zulassen, helfen die beiden Wärter mir aus dem Wagen. Einer von ihnen nimmt mich am Arm und führt mich auf eine Tür zu. Wir bleiben kurz vor der Tür stehen, dann ertönt ein Brummen, er drückt gegen die Tür und sie öffnet sich schwerfällig.
Wir kommen in eine art Empfangshalle, auf der linken Seite ist ein langer Schalter, dahinter stehen einige Schreibtische, an denen mehrere Männer und Frauen arbeiten. Der Wärter bringt mich zu einem Schalter und sagt zu der Frau dahinter:
>>Ich bringe euch eine neue Insassin, hat einen Cop schwer verletzt, hier sind die Papiere, sie gehört euch.<<
Hat einen Cop schwer verletzt, denke ich mir, das ist ja wohl total übertrieben.
Die Frau blättert in der Akte und nickt, sie winkt einer Kollegin und ruft:
>>Hey Barb, übernimmst du sie bitte?<<
Barb kommt rüber und der Wärter, der mich begleitet hatte, nimmt mir die Fußketten ab.
>>Machs gut, Barb.<<
Er dreht sich um und geht, Barb winkt kurz, dann nimmt sie mich am Arm und führt mich auf eine

1

Gittertür zu, ein lautes brummendes Signal ertönt und die Tür öffnet sich. Wir gehen noch durch zwei weitere solcher Türen, dann kommen wir in einen etwas größeren Raum, dort sind noch drei weitere Gefangene, die genauso unsicher aussehen wie ich mich fühle. Barb schließt die Kette um meinen Bauch auf und dann die damit verbunden Handschellen. Sie dreht sich um und meint in einem lauten Befehlston:

>>OK, ausziehen, alles, eure Kleider auf den Boden vor euch legen.<<

Die anderen Gefangenen und ich tauschen einen Blick aus.

>>Heute noch!<<

Langsam fange ich an, mich auszuziehen. Als ich dann nichts mehr anhabe, kommt sie zu mir und schiebt mich auf einen anderen Raum zu. Es sind Duschen.

>>Los, dusch dich hiermit und wasch dir die Haare mit dem hier.<<

Sie drückt mir zwei Plastikflaschen in die Hand und zeigt auf eine der Duschen. Ich mache das Wasser an, es ist kalt und ich mache erschrocken einen Schritt zurück.

>>Stell dich nicht so an.<<

Sie kommt zu mir und gibt mir einen Schubs.

>>Wenn ich mir meine Uniform wegen dir nass mache, kannst du was erleben.<<

Ich fange an mich zu waschen, das Zeug riecht schrecklich und ich lasse viel Wasser über mich laufen, um es wieder abzuwaschen.

>>Das reicht! komm schon!<<

Meint sie, reicht mir ein Handtuch und ich trockne mich ab. Dann schiebt sie mich wieder in das andere Zimmer und zu der nächsten Tür, wir gehen rein und ich erschrecke. In dem Zimmer ist eine Wärterin und ein Mann, der aussieht wie ein Arzt, in der Mitte steht ein Stuhl wie beim Frauenarzt. Ich schaue den Mann an und frage mich was das soll. Er kommt auf mich zu und zieht sich Handschuhe an.

>>Setz dich auf den Stuhl, ich muss jetzt nachsehen, dass du nicht versuchst etwas mitzubringen, was hier nicht erlaubt ist.<<

Ich setzte mich auf den Stuhl und lehne mich zurück. Ein Gefühl der Scham kommt über mich und ich sehe den Mann mit ängstlichem Blick an. Als erstes untersucht er meinen Mund, dann die Nase und die Ohren. *Mein Gott,* denke ich mir, *was soll man denn schon in seinen Ohren oder in der Nase verstecken?*

>>So jetzt nicht verkrampfen, sonst tut's weh.<< Meint er und untersucht recht unsanft die anderen Körperöffnungen. Ich schließe die Augen und versuche mich zu konzentrieren, *jetzt bloß nicht heulen, tu denen ja nicht den Gefallen,* denke ich mir. Als er fertig ist, weist er mich an aufzustehen und ich rutsche von dem Stuhl herunter, er geht zur Tür, öffnet sie und bestätigt der Wärterin, die vor der Tür wartet.

>>Alles klar, sie ist sauber.<<

Ich nehme wieder das Handtuch und versuche mich damit zu bedecken. Als ich wieder in den anderen Raum komme, werden mir Kleider vor die Füße geworfen und ich werde aufgefordert, sie anzuziehen. Es sind hellblaue Kleider aus Leinen, sie sehen etwas aus wie Kleidung, die

Ärzte im OP anhaben. Ich ziehe die Sachen an und bin froh, endlich wieder etwas anzuhaben.

Inzwischen sind auch die anderen Gefangenen wieder da und ziehen ihre Kleidung an. Jeder von uns bekommt eine graue Decke, ein Kopfkissenbezug und zwei weiße Laken. Als einzige von allen bekomme ich Handschellen. Die Wärterin, die sie mir anlegt, gibt mir die Bettsachen auf die Arme, und wir alle werden aufgefordert mitzukommen. Es sind insgesamt vier Wärterinnen, die uns begleiten. Nach einer weiteren Gittertür gehen zwei von ihnen mit den anderen Gefangenen nach rechts, nur ich werde von den beiden anderen nach links gezogen.

>>Hier lang, Schätzchen.<<

Ich folge den Wärterinnen und frage mich, warum wir woanders hin gehen als die anderen Gefangenen. Wir kommen in einen Trakt, wo es keine Gittertüren gibt, sondern schwere Holztüren.

An Zellentür 28 bleiben wir stehen, die Wärterin vor mir schließt die Tür auf, und ich werde in die Zelle geschoben. Hinter mir geht die Zellentür wieder zu, und ich höre wie zwei Schlösser mit einem klackenden Geräusch zugeschlossen werden.

>>Leg die Sachen auf das Bett und komm wieder zur Tür.<<

Sagt eine der Wärterinnen durch die Tür. Ich lege die Sachen ab und gehe wieder zur Tür. Ein Schlitz in der Tür wird geöffnet,

>>streck deine Hände hier durch,<<

4

ich hebe die Hände und reiche durch die Öffnung, dann werden mir die Handschellen abgenommen.

Fassungslos sehe ich mich um, Einzelhaft! Ich frage mich warum, ich bin doch kein Schwerverbrecher. Ein Gefühl der Beklemmung steigt in mir auf, die Zelle ist klein, vielleicht zwei auf vier Meter? Die karge Einrichtung, bestehend aus einem Bett, einer Toilette und einem Waschbecken, hatte schon bessere Zeiten gesehen.

Ich schaue mich um und klopfe gegen den Spiegel über dem Waschbecken, er ist aus Kunststoff. Dann wandert mein Blick zum Fenster, es ist so hoch, dass man nicht hinaus sehen kann, die Herbstsonne scheint durch die recht kleine Öffnung und wirft Schatten der Gitterstäbe an die graue Wand. Ein Schauer überläuft mich und ich bekomme Gänsehaut.

Ich gehe zum Waschbecken und versuche, die Hände von der Untersuchung von mir zu waschen, dann mache ich mit viel Sorgfalt das Bett, als ob diese Zelle dann wohnlicher werden würde.

Ich frage mich, was ich hier tun soll, ich habe nichts zu lesen und nichts zu schreiben, alles wurde mir bei meiner Ankunft hier weggenommen, es ist so, als wollten sie, dass man nichts anderes zu tun hat, als über sein Verbrechen nachzudenken. Ich ertappe mich dabei, als ich denke, *ich habe kein Verbrechen begangen, das ist mir doch alles nur in die Schuhe geschoben worden. Aber habe ich da wirklich recht? Ich meine, die Nase von dem*

Polizisten war ja wirklich gebrochen, und der Zahn war ja auch ausgeschlagen, das lässt sich nicht bestreiten, aber es war ein Versehen, ich hatte wirklich nicht gesehen, das es ein Polizist war, und als ich mit dem Ellenbogen nach hinten schlug, hatte ich wirklich nicht die Absicht, jemanden zu verletzen. Ich wollte mich doch nur aus seinem Griff befreien. Und dass ich versucht habe, die Waffe seines Partners aus dem Holster zu ziehen, ist nun wirklich übertrieben. Wenn ich über diese Aussage des Beamten bei der Gerichtsverhandlung nachdenke, kommt die Wut in mir hoch. *Ich war doch nur gestolpert und hatte mich unglücklich abgefangen,* aber das wollte mir nach seiner Aussage ja keiner glauben. Aber sei es wie es will, zweieinhalb Jahre Gefängnis für ein Versehen, das war hart.

Die Klappe an der Tür geht auf, und eine Frauenstimme sagt:

>>Komm vor und dreh dich mit dem Rücken zur Tür.<<

Ich gehe zur Tür und drehe mich um, meine Hände lege ich auf den Rücken, wieder bekomme ich Handschellen angelegt.

>>Jetzt geh von der Tür weg.<<

Ich gehe wieder in den hinteren Teil der Zelle und drehe mich um. Die Tür wird aufgeschlossen, eine Wärterin und ein älterer Mann im Anzug betreten die Zelle. Der Mann ist etwas größer als ich, er hält eine Akte in der Hand, auf der ich meinen Namen lesen kann. Er klappt die Akte zu und läuft langsam um mich herum. Ich sehe ihn nicht an, aber ich kann spüren, wie er mich intensiv mustert. Als er wieder vor mir ist, bleibt er stehen und rückt mit seinem Gesicht genau in mein Blickfeld, so dass mir nichts anderes übrig bleibt, als ihn anzusehen. Er schaut mir in die Augen, sein Blick ist mir unangenehm, und ich schaue nach rechts weg, ohne meinen Kopf zu drehen. Dann beginnt er zu sprechen:

>>Mein Name ist Sanders, ich bin hier der Gefängnisdirektor, warum du hier bist, weißt du, wenn du dich benimmst, werden wir beide keine Probleme miteinander haben. Die Regeln sind einfach, wir sagen dir, was du zu tun hast und du tust es. Wenn du Ärger machst, bekommst du Ärger. Dein Aufenthalt hier kann zu ertragen sein, benimmst du dich nicht meinen Vorstellungen entsprechend, werde ich dafür sorgen, dass du dir wünschst, mich nie kennen gelernt zu haben. Verstehst du dieses Prinzip?<<

Ich nicke.

>>Wenn du etwas gefragt wirst, dann antwortest du mit 'ja' oder 'nein Sir' oder 'Mam'.<<

Ich schaue auf und sage langsam durch die Zähne:

>>Ja, Sir.<<

>>Gut, jetzt erkläre ich dir noch ein paar Kleinigkeiten.<<

Er fängt an, vor mir auf und ab zu laufen, und mein Blick verfolgt ihn.

>>Dieses hübsche Einzelzimmer wirst du vorerst für einen Monat bewohnen, einmal am Tag wird eine Wärterin kommen, und dich zum Duschen holen, dafür hast du eine viertel Stunde Zeit, dann kannst du für eine dreiviertel Stunde in den Gefängnishof, nicht mehr, und nicht weniger. Du

wirst diese Zelle nicht ohne Handschellen verlassen. Du wirst im ersten Monat keinen Besuch empfangen. Dreimal in der Woche hast du einen Termin mit dem Gefängnispsychiater. Wenn ich mit dir zufrieden bin, kommst du in den normalen Vollzug, bin ich unzufrieden, oder machst du Ärger, verbringst du deine gesamten zweieinhalb Jahre hier drin. Das Licht geht um 22:00 Uhr aus, danach will ich keinen Ton mehr hören. Du wirst den Wärterinnen Folge leisten und ihnen nicht widersprechen. Wenn du dich an alles, was ich dir gesagt habe, hältst, kommst du in 30 Monaten ohne größere Blessuren hier raus und kannst ein neues Leben anfangen. Hast du das alles verstanden?<<

Ich schaue auf den Boden.

>>Ja Sir.<<

Er nimmt meine Akte unter den Arm.

>>Gut, das klappt ja schon.<<

Er dreht sich um und gibt der Wärterin ein Zeichen, sie öffnet die Tür, und sie verlassen die Zelle. Ich stell mich wieder mit dem Rücken zur Tür, und die Handschellen werden wieder abgenommen. Ich starre die Tür an. Das muss ich jetzt erst mal verarbeiten.

Ich gehöre hier nicht her, denke ich mir und Tränen der Wut und des Entsetzens laufen mir über das Gesicht und ich spüre auf einmal ein unbändiges Gefühl der Machtlosigkeit in mir, machtlos gegenüber einer Situation, die außer Kontrolle geraten war.

Wie hatte das nur alles passieren können? Ich dachte immer, dass so etwas nur im Fernsehen passiert, oder wenn schon in der Realität, dann nicht in meiner, ich war immer einer von den Leuten gewesen, die sagen: Mir passiert das nicht, das passiert nur anderen, von denen man in der Zeitung liest, jetzt wusste ich wie falsch und leichtsinnig das gewesen war, und jetzt musste ich mit meiner Freiheit dafür bezahlen. Mit meiner Freiheit? Wirklich nur damit? *Was würde passieren, wenn dieser Alptraum vorbei ist? Würde ich denn jemals wieder richtig frei sein? Oder würde diese Sache mich mein Leben lang verfolgen?* Ich erinnere mich an den Augenblick, an dem ich aus dem Stadtgefängnis in das Staatsgefängnis überführt wurde. Mit Hand- und Fußfesseln wurde ich aus dem Gebäude gebracht, zu einem Gefängnisfahrzeug, das draußen wartete. Schon dort hatte ich mich gefühlt wie eine Massenmörderin. Ich spüre jetzt noch die Blicke der Passanten auf mir. Die Scham, die unter den herabwürdigenden Blicken der Leute über mich kam, ist selbst jetzt nach ein paar Stunden unerträglich.

Während ich so meinen Gedanken nachhänge, habe ich mich auf das Bett gesetzt, ganz hinten in die äußerste Ecke. Ich ziehe die Knie ganz nah an meine Brust und schlinge meine Arme um sie. Inzwischen ist es draußen dunkel geworden, und ich frage mich, wie viel Uhr es wohl ist. Meine stumme Frage wird beantwortet, als das Licht in meiner Zelle erlischt und Dunkelheit die Zelle noch karger erscheinen lässt. *Hatte er das nicht gesagt? Das Licht geht um 22:00 Uhr aus.* Der Gedanke an eine Nacht hier drinnen ist fast unerträglich, der Gedanke an lange zweieinhalb Jahre noch schlimmer.

Plötzlich werde ich von zwei Männerstimmen aus meinen Gedanken gerissen, die Schlösser an meiner Zellentür werden aufgeschlossen und zwei, im Dunkel kaum zu erkennende Gestalten kommen zur Tür herein. Während einer von Ihnen die Tür wieder schließt, kommt der andere zu mir und zieht mich grob an meinem Arm vom Bett. Er stellt sich hinter mich, reißt mir die Arme auf den Rücken und hält sie so fest, dass es schmerzt. Der zweite Mann stellt sich vor mich. In dem schwachen Mondlicht, das durch das Fenster scheint, sehe ich sein Abzeichen blitzen, es sind Wärter, die im Frauentrakt gar nicht sein dürften.

Von dem Mann hinter mir spüre ich den Atem auf meinem Hals und höre wie er mich leise fragt: >>Hat deine Mama dir nicht beigebracht, dass man Respekt vor Polizeibeamten hat?<<

>>Doch<<,

stammle ich kaum hörbar, der Mann vor mir kommt näher und meint:

>>Du hättest besser zuhören sollen.<<

Dann holt er aus und seine Faust trifft mich in den Magen, ich krümme mich nach vorn und muss husten, ein rasender Schmerz zuckt durch meinen Körper, und ich starre den Mann vor mir voller Entsetzen an, dann trifft mich ein erneuter Schlag, wieder in den Magen und noch einer, ich kann vor lauter Schmerzen kaum noch stehen. Doch der Mann hinter mir hat mich fest im Griff, er zieht mich wieder hoch und schon treffen mich die nächsten Schläge, diesmal in den Unterleib, dann zielt er auf mein Gesicht, ich spüre wie meine Lippe aufplatzt. Ich winsele leise:

>>Bitte aufhören, bitte, bitte aufhören!<<

Eine Faust trifft mich noch genau aufs Auge, und dann werde ich losgelassen. Wie ein nasser Sack falle ich zu Boden, einer der beiden versetzt mir noch einen abschließenden Tritt in den Rücken, ich schreie leise auf, dann höre ich wieder die Tür und ihre Schlösser.

Ich spüre die kalten Platten des Fußbodens unter mir, Blut läuft mir übers Gesicht, und vermischt sich mit Tränen und Erbrochenem zu einer kleinen Lache auf dem Boden.

Wirre Gedanken rasen mir durch den Kopf, ich friere fürchterlich und habe Todesangst. Zitternd versuche ich mich auf das Bett zu ziehen, doch die Kraft langt nicht und ich falle wieder auf den Boden zurück. Mein ganzer Körper tut weh und ich flüstere leise:

>>Bitte, irgend jemand hilf mir doch, bitte!<<

Dann wird alles schwarz.

Licht fällt in mein Gesicht, ich mache die Augen auf, verwirrt sehe ich mich um, die Bewegung schmerzt und ich erinnere mich langsam wieder an die Ereignisse der letzten Nacht. Mir wird schlecht, ich ziehe mich mühsam am Klo hoch und übergebe mich. Im Magen und im Unterleib habe ich Krämpfe, mein Rücken fühlt sich an als würde er durchbrechen.

Trotzdem zwinge ich mich auf die Beine und stolpere zum Waschbecken. Ich mache das Wasser an und spüle meinen Mund vorsichtig mit Wasser aus.

Ich schaue in den Spiegel, mein Auge ist schon leicht blau, und an der Augenbraue habe ich eine Platzwunde, auch meine Lippe ist aufgeplatzt und das ganze Gesicht ist blutverschmiert. Vorsichtig mache ich mir das Gesicht sauber. Ich schaue nochmals in den Spiegel und denke, dass das doch alles nicht wahr sein darf. Mir wird wieder schlecht und mein Kopf dröhnt, ich gehe zum Bett, lege mich vorsichtig hin und schließe die Augen. In meinen Gedanken sehe ich meine zwei Pferde auf der Koppel stehen, wie sie neugierig ankommen und in meinen Taschen nach etwas zu Naschen suchen. Ich wünsche mir, dass ich jetzt bei ihnen wäre, und dieser ganze Alptraum wäre nie passiert.

Wäre es nicht schön, wenn man manche Sachen ungeschehen machen könnte? Aber das geht wohl nicht, damit muss ich mich wohl abfinden.

Jetzt heißt es diese zweieinhalb Jahre zu überstehen, egal wie.

Ein Geräusch holt mich zurück in die Realität, es ist das Beobachtungsfenster in meiner Zellentür, das geöffnet wird. Ich blicke auf und sehe, dass jemand herein sieht. Eine Frauenstimme sagt, ich solle aufstehen und an die Zellentür kommen, mühselig schaffe ich mich auf die Beine und gehe zur Tür.

>>Den Rücken zur Tür und Hände auf den Rücken!<<

Kommt ein zweiter kurzer Befehl. Ich leiste Folge und tue, was verlangt wird, *nur niemanden verärgern* denke ich mir, dann spüre ich, wie Handschellen um meine Handgelenke einrasten.

>>Geh von der Tür weg, und setz dich auf dein Bett!<<

Ertönt wieder die Stimme, und als ich mich hinsetze, wird die Tür aufgeschlossen, und zwei Frauen kommen rein.

Die Frau, die gesprochen hatte, ist eine Wärterin von kräftiger Statur, sie schließt die Tür und bleibt daneben stehen. Die andere Frau ist klein und zierlich, sie hat ihr blondes Haar zu einem Zopf geflochten und trägt einen Schwesternkittel.

Prima, denke ich mir, *erst schlagen sie einen grün und blau und am nächsten Tag kommen sie und flicken dich wieder zusammen. Und was soll der Mist mit den Handschellen, als ob ich heute in der Lage wäre, eine Gefängnisrevolte anzuzetteln. Ich kann ja kaum stehen.*

Als hätte sie meine Gedanken gelesen, kommt die kleine Frau freundlich lächelnd auf mich zu und meint:

>>Das tut mir leid, aber die nehmen die Vorschriften hier sehr genau.<<

In Anbetracht der Geschehnisse von letzter Nacht fällt mir das allerdings schwer zu glauben.

>>Mein Name ist Gloria, ich werde mir jetzt mal deine Verletzungen ansehen. Die Wärter sagen du wärst hingefallen?<<

Mein Gesicht betrachtend runzelt sie die Stirn:

>>Stimmt das?<<

Ich schiele rüber zu der Wärterin und denke mir, dass es besser für mich wäre, den Mund zu halten. Die sitzen eindeutig am längeren Hebel. Ich schaue die Schwester wieder an und nicke, mit einem Seufzer sagt sie:

>>Na gut, dann wollen wir uns das mal ansehen.<<

Sie zieht Handschuhe an und hebt mit einer Hand meinen Kopf an, vorsichtig tastet sie mein Auge ab. Es schmerzt, und ich zucke vor ihrer Berührung zurück.

>>Hm, scheint nichts gebrochen zu sein, die Wunde muss nicht genäht werden. Ist dir auch schlecht?<<

Ich nicke und denke mir, dass das wohl kaum von meinem Kopf kommt. Aber das kann ich ja nicht sagen.

>>Eine leichte Gehirnerschütterung, nehme ich an<<,

sagt sie und nimmt einen Wattebausch mit einer bräunlichen Lösung drauf und tupft damit über die Wunde. Es brennt fürchterlich, und ich bin froh, als sie damit fertig ist. Dann holt sie ein Pflaster aus ihrer Tasche und klebt es über die Wunde am Auge, sie dreht sich zu der Wärterin um und meint:

>>OK, mehr kann ich jetzt nicht machen, sollte sich der Allgemeinzustand verschlechtern, müssen sie doch den Arzt benachrichtigen, ich

mache einen entsprechenden Vermerk in meinen Bericht.<<

Die Wärterin nickt und die beiden Frauen verlassen die Zelle. Ich werde wieder an die Tür gerufen und bekomme die Handschellen wieder abgenommen. Ich drehe mich zur Tür um und sehe wie die Klappe geschlossen wird. Schritte entfernen sich und ich reibe mir die Handgelenke, während ich wieder zum Bett gehe. Ich lege mich wieder hin und falle in einen unruhigen Schlaf.

Ein Geräusch an der Tür lässt mich wieder hochschrecken, benommen schaue ich zur Tür und denke mir, *was denn jetzt schon wieder?* Die Klappe an der Tür geht auf, und ein Tablett wird auf die Ablage, die in der Türöffnung integriert ist, geschoben.

Das Beobachtungsfenster wird geöffnet, und eine Frau mit lustigen Augen schaut zu mir rein: >>Hey, dein Abendessen.<<

Abendessen? Habe ich etwa so lange geschlafen? Ich setze mich auf und schaue erst zum Tablett und dann zu der Frau am Fenster.

>>Du kannst ruhig kommen und es holen, na komm nur nicht so schüchtern. Du hast schon das Mittagessen verschlafen, du musst doch Hunger haben.<<

Skeptisch stehe ich auf, ich halte mir den Magen und gehe langsam auf die Tür zu. Ich bleibe vor ihr stehen und streiche mir mit einer Hand das Haar aus meinem Gesicht. Das Essen sieht nicht sehr appetitlich aus, und außerdem habe ich keinen Hunger, mein Magen schmerzt immer noch und ich schaue die junge Frau vor der Tür an.

>>Ich weiß, sieht nicht gerade lecker aus, ist aber gar nicht so schlecht<<,

meint sie und zwinkert mir aufmunternd zu. Misstrauisch ziehe ich eine Augenbraue hoch, *ein freundlicher Mensch? Hier?* Die Sache war mir nicht geheuer. Sie bemerkt meine Unsicherheit und meint:

>>Vor mir brauchst du keine Angst haben, ich bin harmlos. Mein Name ist Sarah, und ich bin deine Kellnerin für den Abend.<<

Sie lacht wieder, dann dreht sie den Kopf zur Seite und schaut mich an.

>>Oh je, sie haben dir das Empfangskomitee geschickt, oder?<<

Ich sehe sie an:

>>Wenn man das hier so nennt, dann ja.<<

Sie schüttelt den Kopf:

>>So etwas dürfte nicht sein, aber das habe ich nicht gesagt, OK?<<

Ich zucke mit den Schultern und zeige damit, dass ich nicht beabsichtige, mir hier den Mund zu verbrennen.

>>Was hast du denn ausgefressen, dass die so auf dich reagieren?<<

Sie schaut mich fragend an.

>>Ich habe einem Cop die Nase gebrochen und einen Zahn ausgeschlagen. Na ja, und so ein, zwei andere Sachen kommen noch dazu.<<

Ich hatte keine Lust auf Details einzugehen.

>>Oh ja, Übergriffe auf Polizisten, darauf reagieren die hier verdammt empfindlich. Bist du OK?<<

Ich nicke mit dem Kopf.

>>Ich werds überleben, obwohl ich das gestern Nacht noch anders gesehen habe.<<

Ein kleines Lächeln schleicht sich auf meine Lippen, es tut gut, mit jemandem ein paar nette Worte zu wechseln. Auch Sarah lächelt.

>>Ich habe hier eine Notiz, auf der steht: Vorsicht, 28 ist als aggressiv eingestuft.<<

Sie mustert mich intensiv und meint:

>>Also, ich glaube eine gute Menschenkenntnis zu haben, und hier drin sitzt so einiges, wovor man Angst haben kann, aber du siehst eher harmlos aus.<<

Sie zuckt mit den Schultern und meint:

>>Ich muss jetzt weitermachen, versuche etwas zu essen, das wird dir gut tun. Ich hole das Tablett dann nachher wieder ab.<<

Sie schließt das Fenster, und ich nehme das Tablett mit aufs Bett. Ich setze mich hin und betrachte das, was auf dem Teller ist.

Was zum Teufel ist das? Undefinierbar, ja, das war eindeutig nicht zu definieren. Aber Moment, das da, ja, das da am Rand, das könnten Kartoffeln sein. Vorsichtig nehme ich den Löffel und probiere etwas davon. *Ja, ich habe recht, es schmeckt tatsächlich wie Kartoffeln. Und der Rest? Ich weiß nicht.* Ich mag es auch gar nicht probieren, mein Magen will einfach nicht, also schiebe ich das Tablett zur Seite und trinke nur den Orangensaft. Worauf hin es mir auch prompt wieder schlecht wird. Ich lehne mich zurück und starre die Wand an.

Toll, das wird wohl für den nächsten Monat so meine Hauptbeschäftigung sein. Das halte ich nicht aus, denke ich mir, *da wird man ja verrückt.* Aber halt da kommt mir ein Gedanke. *Das wird's sein, das ist der Grund, warum das Essen so undefinierbar ist, das ist bestimmt eine Beschäftigungstherapie, auf die Art und Weise isst man nicht nur, sondern beschäftigt sich auch damit, heraus zu finden was zum Teufel man da isst.* Ich lache leise in mich hinein und bin froh, mir wenigstens noch ein bisschen Galgenhumor bewahrt zu haben. Ich nehme mir vor, dass ich das schon schaffen werde, und dass ich mich nicht klein kriegen lasse. Dann schaue ich mich um und zweifle sogleich wieder an meinem tapferen Vorhaben, bald würde es wieder dunkel werden, was ist, wenn sie heute Nacht wieder kommen?

Das Beobachtungsfenster öffnet sich wieder und Sarah schaut herein:

>>Mädchen, du hast ja nichts angerührt, du musst doch was essen!<<

Ich schaue hoch zu ihr:

>>Werden sie wieder kommen?<<

Sie sieht mich verständnisvoll an:

>>Ich denke nicht, das ist meistens nur ein Denkzettel, den sie jemandem verpassen, der ihnen ein Dorn im Auge ist. Ich denke, das Schlimmste hast du hinter dir, jetzt musst du nur hier drin die Nerven behalten, dann kommst du bestimmt nach dem einen Monat in den normalen Vollzug. Bringst du mir bitte das Tablett, ich muss das jetzt wieder mitnehmen.<<

Ich stehe auf und stelle das Essen wieder auf die Ablage.

>>Ich schaue kurz, bevor das Licht ausgeht, noch mal vorbei. Kopf hoch, das wird schon alles wieder.<<

Sie zwinkert mir zu, dann schließt sie wieder die Klappen, und wieder bin ich allein.

Ich verbringe den restlichen Abend damit, auf meinem Bett zu sitzen und die Wände anzustarren. Die Zeit vergeht endlos langsam. Ich schaue zum Fenster hoch und sehe, wie langsam die Sonne, der Dunkelheit weicht. Trotz dem, was Sarah mir gesagt hatte, fühle ich, wie langsam Angst und Unbehagen in mir hoch kommen. Je näher die Zeit rückt, zu der das Licht ausgeht, desto mehr erwachen die Bilder der vergangenen Nacht wieder zum Leben. Wie in einem Video läuft alles noch mal vor meinen Augen ab. Tränen laufen mir über das Gesicht, und ich kralle mich in meiner Bettdecke fest, die Angst steigert sich immer mehr, bis sie fast zur Panik wird. Meiner alten Angewohnheit, vor Problemen davon zu laufen, kann ich hier nicht nachgeben. Ich fühle mich wie eine Ratte in der Falle. Ein Geräusch an der Tür lässt mich mit einem Schrei zusammenzucken.

>>Hey Mädchen, was ist denn mit dir los?<<

Ich erkenne Sarahs Stimme und sinke erleichtert zurück, ich wische mir die Tränen aus dem Gesicht und schaue zu ihr rüber.

>>Alles OK mit dir?<<

Ich nicke.

>>Ja alles OK, mir ist nur nicht wohl bei dem Gedanken an die Nacht.<<

Sarah schüttelt den Kopf:

>>Ich sag dir doch, dass du dir keine Sorgen machen musst, da kommt nichts mehr. Leg dich hin und schlaf ein bisschen, die Ruhe wird dir gut tun, und morgen fühlst du dich bestimmt besser. Ich hab morgen ab Mittag wieder Dienst, wir sehen uns dann, gute Nacht.<<

Sie lächelt mich an und schließt das Fenster. Ich streiche mir die Haare aus dem Gesicht, lege den Kopf zurück und atme tief durch.

OK, denke ich mir, *sie wird schon wissen, wovon sie spricht, nur die Ruhe bewahren.* Ich ziehe meine Schuhe aus, krieche in die äußerste Ecke meines Bettes und ziehe die Decke bis ans Kinn hoch. Es macht Klick, das Licht geht aus, und trotz allem wandert mein Blick wieder zur Tür. Wie gebannt horche ich auf jedes Geräusch, aber es bleibt alles ruhig. Müdigkeit überkommt mich immer öfter, und ich nicke immer wieder ein, dennoch versuche ich wach zu bleiben, zu groß ist die Angst vor Überraschungen.

Dann Schritte, ich höre, wie sie näher kommen, und dann höre ich wie das Beobachtungsfenster geöffnet wird. Mein Herz klopft mir bis in den Kopf und der Angstschweiß läuft mir über das Gesicht. Eine Taschenlampe leuchtet in die Zelle und in mein Gesicht, dann wird das Fenster geschlossen und die Schritte gehen weiter. Ich schließe die Augen und sacke wieder ins Bett zurück, irgendwann übermannt mich dann doch die Müdigkeit, und ich schlafe ein.

Der nächste Morgen kommt, und ich wache auf, als wieder mal die Klappe an der Tür aufgeht. Ein Tablett wird auf die Ablage geschoben und die Klappe wieder geschlossen. Ich reibe mir die

Augen und bin erleichtert, dass Sarah recht hatte. Ich stehe auf und wasche mir mein Gesicht mit kaltem Wasser, dann gehe ich zur Tür und hole das Tablett mit dem Frühstück. *Na ja,* denke ich mir, *viel kann man ja an einem Frühstück nicht falsch machen.* Die Eier sehen eigentlich normal aus, zumindest erkennt man, dass es Eier sind. Mein Magen schmerzt heute schon weniger, und ich entscheide mich, es mal mit etwas Essbarem zu versuchen. Außer Rühreiern gibt es noch Toast. Butter und Marmelade verteile ich mit dem Löffel auf dem Toast, da hier keine Messer erlaubt sind. Ich esse ungefähr die Hälfte, dann merke ich, dass mir wieder schlecht wird, und ich lasse den Rest stehen. Nach einer Weile wird das Tablett wieder geholt und die Langeweile übernimmt wieder meinen Tagesablauf.

Ich sehe zum Fenster hoch, Regen fällt gegen das Fenster, und der Himmel sieht grau aus, das Wetter passt zu meiner Stimmung, und ich fange an, in der Zelle auf und ab zu laufen. Es sind nur wenige Schritte von einem Ende bis zum anderen, und nach und nach fühle ich mich wie ein Tiger im Käfig. Irgendwann wird es mir zu blöd, ich setze mich wieder aufs Bett, und wieder starre ich die kahle, graue Wand an.

>>Verdammte Scheiße!<<

Schreie ich laut und feure voller Wut und Frust das Kissen gegen diese verfluchte Tür.

>>Hey Mädchen, beruhige dich!<<

Ich schaue auf und sehe, wie Sarah durch das Fenster zu mir herein sieht.

>>Oh, entschuldige Sarah, ich hab dich gar nicht kommen gehört.<<

Ich stehe auf und hebe das Kissen auf.

>>Geht's dir jetzt besser? Ich hoffe es, denn so solltest du dich beim Gefängnispsychiater nicht aufführen.<<

Ich lege das Kissen aufs Bett und drehe mich zu ihr um.

>>Psychiater? Jetzt?<<

Sarah nickt und gibt mir mit dem Zeigefinger ein Zeichen das ich an die Tür kommen soll, dabei hält sie die Handschellen hoch.

>>Na komm, du kennst das ja inzwischen.<<

>>Oh, auch das noch.<<

Stöhne ich entnervt und gehe wieder mit dem Rücken zur Tür. Handschellen rasten ein, und Sarah öffnet die Tür, ich trete aus meiner Zelle raus, und Sarah führt mich mehrere Gänge entlang. Eigentlich finde ich es ganz angenehm, es ist wenigstens mal eine Abwechslung. Am richtigen Zimmer angekommen, klopft Sarah an die Tür und öffnet sie.

>>Dr. Malcom, ich habe hier die Gefangene Tracy Norris für sie.<<

>>Ja bringen sie sie rein. Ich erwarte sie schon.<<

Höre ich eine Männerstimme sagen. Sarah tritt zur Seite und gibt mir den Weg in das Zimmer frei. Ich betrete das Zimmer und bleibe neben dem Eingang stehen.

>>Setz dich doch.<<

Meint Dr. Malcom und zeigt auf einen braunen Ledersessel, der vor seinem Schreibtisch steht.

Langsam gehe ich auf den Sessel zu und setze mich auf die vordere Kante.

>>Du kannst es dir ruhig bequem machen. Entspann dich, dann lässt es sich besser reden.<<

Er lächelt freundlich und macht es sich selber in seinem Stuhl bequem. Ich schaue ihn an und denke mir: *Ja sicher, du hast gut reden. Dir drücken ja auch keine Handschellen auf die Handgelenke. Ob der weiß, wie unangenehm diese Dinger sind? Wie zum Teufel soll man sich da zurücklehnen und es sich bequem machen?*

Mein Blick verrät wohl meine Gedanken, denn er lehnt sich vor und sagt:

>>Ich weiß, dass die Handschellen unangenehm sind und ich bevorzuge es, meine Patienten ohne diese Dinger zu behandeln. Aber erst müssen wir uns etwas näher kennenlernen. Genauso wie du Vertrauen zu mir aufbauen musst, muss ich Vertrauen zu dir aufbauen. Immerhin bist du, unter anderem, wegen schwerer Körperverletzung hier.<<

Er lehnt sich wieder zurück und beobachtet mich. Ich wende meinen Blick von ihm ab und schaue mich im Raum um. In der Ecke steht eine alte Standuhr, sie ist aus Eiche. Das Pendel bewegt sich rhythmisch hin und her, und das Ticken erinnert mich an die Uhr, die meine Großmutter gehabt hatte. Ich erinnere mich daran, wie gern ich immer bei meiner Oma gewesen war. Das Zimmer, in dem die Uhr gestanden hatte, hatte orange- Farbene Vorhänge. Wenn sie mich für meinen Mittagsschlaf hinlegte, zog sie die Vorhänge zu. Wenn draußen die Sonne schien, tauchten sie das ganze Zimmer in einen angenehmen warmen Farbton. Ich hatte diesen Farbton immer als fröhlich empfunden und konnte nicht einschlafen. Dann lag ich wach da und lauschte dem Ticken der Uhr bis meine Großmutter wieder rein kam und die Vorhänge wieder aufzog. Es ist schon 7 Jahre her, dass sie gestorben war. Sie war eine liebevolle und gütige Frau gewesen. Ich frage mich was, sie wohl jetzt von mir denken würde. Ihr kleiner Sonnenschein, wie sie mich zu nennen pflegte, im Gefängnis. Ich glaube, das hätte ihr das Herz gebrochen. Ich bin froh, dass sie das nicht mehr miterleben muss.

Ich werde aus meinen Gedanken gerissen, als Dr. Malcom mich fragt:

>>Du wirkst abwesend. Möchtest du mich an deinen Gedanken teilhaben lassen?<<

Ich schaue nur auf und sehe ihn an. *Nein,* denke ich mir, *das möchte ich nicht.* Viel zu persönlich sind diese Gedanken. Sie haben etwas reines und unschuldiges für mich. Ich will sie auf keinen Fall mit irgend etwas aus diesem Alptraum in Zusammenhang bringen.

Dr. Malcom lehnt sich nach vorn und faltet die Hände.

>>Ich weiß, dass dies eine schwierige Situation für dich ist, Tracy. Aber wenn du mich an dich ran lässt, kann ich dir helfen. Du musst mir nur vertrauen.<<

Wütend über das, was er von mir verlangt, stehe ich auf und laufe um den Sessel herum. Ich wende mich ihm zu und sage:

>>Vertrauen? Sie wollen, dass ich jemandem vertraue? Ich sitze in diesem Loch, weil Menschen bei der Gerichtsverhandlung Tatsachen verdreht und gelogen haben! Dann komme ich hierher und werde in völlige Isolation gesteckt. Schauen sie sich mein Gesicht an, denken sie, das war schon als ich hier her kam? Und sagen sie mir nicht, dass sie von dieser Scheiße keine Ahnung haben, das glaube ich ihnen nämlich nicht! Sie sprechen von Vertrauen und ich sitze mit Handschellen gefesselt hier vor ihnen, weil sie Angst vor mir haben? Was zum Teufel sind das für Behandlungsmethoden? Nein, jetzt will ich erst einmal, dass jemand einen Schritt in meine Richtung macht. Es ist mir egal, ob ich die nächsten zweieinhalb Jahre in diesem Isolationsloch verrotte, aber mein Vertrauen muss man sich verdienen. Und bis jetzt hat mir hier noch keiner einen Grund dafür gegeben, irgend jemandem zu vertrauen!<<

Er sieht mich an, dann lehnt er sich zurück: >>O.K. Tracy, wenn ich dir etwas entgegen komme, erzählst du mir dann, was an diesem Septemberabend passiert ist? So, wie du es als wahr empfindest?<<

Ich überlege einen Moment, dann sehe ich ihn an.

>>Vielleicht.<<

Er steht auf und geht zur Tür, er öffnet sie und ruft nach Sarah. Sie kommt herein.

>>Sarah, wärst du bitte so freundlich und würdest Miss Norris die Handschellen nach vorn machen?<<

25

Sarah schaut mich überrascht an und macht mir die Handschellen auf. Ich nehme die Hände vor mich und die Handschellen werden wieder zugemacht, dann verlässt sie den Raum.

Dr. Malcom setzt sich hin und bietet mir per Handzeichen, wieder einen Platz im Sessel an. Ich setze mich wieder hin und sehe ihn an. Er öffnet eine Schublade an seinem Schreibtisch und holt ein Päckchen Zigaretten heraus. Er nimmt sich eine Zigarette aus dem Päckchen und zündet sie sich an. Der Rauch der Zigarette erinnert mich daran, dass ich seit meiner Ankunft hier keine mehr geraucht habe. Ein unheimliches Verlangen kommt in mir hoch, und ich sehe die Zigarette sehnsüchtig an.

>>Rauchst du?<<

Fragt er mich, meinen Blick deutend.

>>Ja.<<

Antworte ich knapp und hoffe insgeheim, dass er mir eine anbieten wird. Er nimmt das Päckchen und hält es mir hin. Erleichtert nehme ich mir eine. Er bietet mir Feuer an und ich mache genüsslich einen langen Zug.

>>Fühlst du dich jetzt besser?<<

Fragt er und lächelt wieder freundlich. Ich nicke, und obwohl ich es gar nicht will, schleicht sich ein Lächeln auf meine Lippen.

>>Willst du mir jetzt sagen was an diesem Abend passiert ist?<<

Ich ziehe an meiner Zigarette und bin mir nicht recht schlüssig, wo ich anfangen soll. Hilflos sehe ich ihn an.

>>Fällt es dir schwer, darüber zu reden?<<

Ich habe einen Kloß im Hals, ein Teil von mir möchte darüber reden, und der andere wehrt sich dagegen. Bilder zucken durch meinen Kopf und die Erinnerung an diesen schicksalhaften Abend wird wieder wach. Nervös ziehe ich wieder an meiner Zigarette.

>>Ich verstehe immer noch nicht, wie das alles passieren konnte.<<

Er lehnt sich nach vorn und faltet wieder seine Hände.

>>Was, wie was passieren konnte, warum hast du nach dem Polizisten geschlagen?<<

>>Ich habe nicht nach dem Polizisten geschlagen, jedenfalls wusste ich nicht, dass es ein Polizist ist, ich dachte, es ist einer von denen, mit denen ich mich streite. Ich dachte, ich werde von hinten angegriffen. Er kam von hinten und packte mich an den Schultern, da schlug ich einfach mit dem Ellenbogen nach hinten und wollte mich aus seinem Griff befreien. Er hatte halt sein Gesicht genau da, wo ich hinschlug, es war wirklich keine Absicht.<<

>>Wie kam es zu der Sache mit der Waffe?<<

Ich schüttle meinen Kopf.

>>Ich weiß es gar nicht so genau. Alles ging so schnell. Nachdem ich nach hinten ausgeschlagen hatte, drehte ich mich um. Als ich sah, dass ich nach einem Polizisten geschlagen und ihn auch noch verletzt hatte, ging ich auf ihn zu und wollte nach ihm greifen. Ich weiß nicht, ich wollte mich entschuldigen. Aber da kam auch schon sein Partner und riss mich zur Seite weg, es sah wohl so aus als wollte ich ihn noch mal angreifen. Irgendwie muss ich dann in dem

Handgemenge gestolpert sein, und versuchte mich abzufangen. Ich griff im Reflex einfach irgendwo hin. Das war dann wohl genau da, wo er seine Waffe hatte. Er dachte wohl, dass ich die Waffe herausziehen wollte, und warf mich auf den Boden. Na ja, dagegen wehrte ich mich natürlich, und irgendwann lag ich dann, auf dem Bauch, und hatte Handschellen an.<<

Dr. Malcom sieht mich nachdenklich an.

>>Du sagst also, dass das alles ein Versehen war. Bist du dir sicher, dass alles so war? Oder redest du dir jetzt ein, das es so war, weil du deine Tat bereust und es gerne ungeschehen machen würdest? Oft trügt unsere Erinnerung, uns über dramatische Ereignisse, um sie besser zu verarbeiten.<<

Ich sehe ihn stumm an und merke, dass er mir genau so wenig glaubt wie alle anderen.

Warum mache ich mir immer wieder die Mühe, die Sache aus meiner Sicht zu schildern. Keiner will es hören. Hört sich das alles denn so unglaubwürdig an oder glauben die mir nicht, weil die Polizisten etwas anderes ausgesagt haben?

>>Du sagst, dass bei der Verhandlung gelogen wurde. Hast du schon mal darüber nachgedacht, dass diese Personen nicht gelogen haben, sondern dass sich der Vorfall aus ihrer Sicht einfach anders abgespielt hat? Man muss eine Situation immer im Ganzen sehen. Denke doch bitte bis zu unserem nächsten Treffen mal darüber nach, machst du das?<<

Ich zucke mit den Schultern und meine knapp:

>>Meinetwegen.<<

Es verärgert mich, dass er vielleicht gar nicht mal so unrecht hatte. Vielleicht sah ich mich wirklich zu sehr in der Opferrolle. Aber in der Regel waren es nicht die Opfer, die im Gefängnis landeten.

Aber Absicht war es keine gewesen! Und ich weiß das ich mich nicht umgedreht habe, bevor ich nach hinten schlug. Das lasse ich mir auch von einem Psychiater nicht einreden! Und darüber war, bei der Verhandlung gelogen worden.

Ich stehe auf, und Dr. Malcom kommt um seinen Schreibtisch herum und gibt mir die Hand.

>>Also, bis übermorgen. Hier die kannst du mitnehmen.<<

Er gibt mir das Päckchen Zigaretten und ein Feuerzeug in die Hand und meint:

>>Soll ich dir noch ein, oder zwei Packungen besorgen?<<

Ich sehe ihn erstaunt an und meine zögernd:

>>Ja... das wäre nett.<<

Er lächelt.

>>Na gut, ich werde sie Sarah für dich mit geben.<<

Er geht zur Tür und ruft nach Sarah, sie kommt rein, schließt die Handschellen auf und macht sie hinter meinem Rücken wieder zu. Dann treten wir den Rückweg an.

Nachdem ich wieder in meiner Zelle bin, gibt es Mittagessen, und die Langeweile hält wieder Einzug.

Drei Tage sind jetzt um, und 28 habe ich noch vor mir, zumindest in diesem Loch. Wie soll ich das nur aushalten, ich hasse es, allein zu sein.

Das war für mich schon immer eines der schlimmsten Dinge gewesen.

Ich schaue zum Fenster hoch, dann schaue ich zum Bett.

>>Hm<<,

sage ich zu mir selbst:

>>Das müsste doch gehen.<<

Ich fange an, das Bett ein Stück zur Seite zu ziehen. Als es dann unter dem Fenster steht, zünde ich mir genüsslich eine Zigarette an und klettere auf das Bett und voila', ich kann aus dem Fenster sehen. Ich öffne das Fenster und genieße die frische Luft die mir entgegenströmt. Inzwischen hat es aufgehört zu regnen, und die Sonne ist wieder heraus gekommen. Meine Zelle ist hoch genug gelegen, dass ich über die Gefängnismauern sehen kann.

In einiger Entfernung sind ein paar Hügel und Wälder. Ich schließe die Augen und stelle mir vor, dass ich mit meinem Pferd Shadow dort entlang reite. Sein schwarzes Fell glänzt in der Nachmittagssonne, und das Klackern seiner Hufe auf dem Boden, weckt ein Glücksgefühl in mir. Ich kenne dieses Gefühl aus vergangen Tagen, es war immer so stark gewesen, dass ich es selbst jetzt noch spüre. Ich öffne die Augen, um den Ausblick noch etwas zu genießen. Das einzige, was stört, sind die Gitterstäbe, durch die ich hindurchsehe.

>>Lass dich dabei ja von niemandem außer mir erwischen!<<

Höre ich Sarahs Stimme sagen. Ich drehe mich um und hopse grinsend vom Bett.

>>Lass mir doch wenigstens den Spaß.<<

>>Ich sag ja auch gar nichts. Aber die anderen Wärterinnen, sehen das mit Sicherheit nicht so. Und du weißt, wie schnell du Ärger bekommen kannst. Also, mach das bitte nur in meiner Schicht! OK?<<

Ich seufze, und sichere ihr zu, vorsichtig zu sein. Sie nickt zufrieden und macht die Klappe auf.

>>Na komm, Zeit für eine Dusche, und etwas Sonne!<<

Am Duschraum angekommen, findet wieder das gleiche Ritual mit den Handschellen statt. Dasselbe auch im Gefängnishof. Das Gelände, auf dem ich mich bewegen darf, ist von einem hohen Gitterzaun eingefasst. Und auch diese Tür hat eine Öffnung, für das An und Ablegen der Handschellen. Aber ich bin froh, mich wenigstens hier, ohne diese Dinger bewegen zu können.

Ich fange an, umher zu laufen. Hier fühle ich mich einigermaßen wohl. Das Gras und die großen Bäume vermitteln mir innere Ruhe. Diese ständige Enge, des Eingesperrtseins, gibt mir ein permanentes Gefühl der Beklemmung, das ich hier draußen, zumindest für eine Zeit, ablegen kann. Ich laufe zu den Bäumen, dann bleibe ich stehen, und sehe an ihnen hoch. Alles was ich sehen kann, sind die Baumkronen und der blaue Himmel. Für einen Moment vergesse ich, wo ich bin. Ein Vogel fliegt auf und ich wünsche mir, ich könnte mit ihm davon fliegen. *Federn müsste man haben,* denke ich mir.

Für mich wurden Federn in diesem Moment zu einem Symbol für Freiheit.

>>Tracy! Ich reiße dich ja ungern aus deinen Träumen, aber deine Zeit ist um. Ich muss dich jetzt wieder in deine Zelle bringen!<<

Ich drehe mich in ihre Richtung und sehe, wie Sarah mich zu sich winkt. *Ja, ja,* denke ich mir und merke, wie sich alles in mir wieder verspannt. Ich atme noch mal tief durch und laufe langsam in ihre Richtung.

Als ich am Zaun ankomme, schaut mich Sarah lächelnd an und fragt:

>>Wo warst du denn eben?<<

Ich sehe zurück in den Himmel und meine:

>>Ich bin dir eben davon geflogen.<<

Sie runzelt die Stirn, dreht den Kopf zur Seite, und zeigt mir damit, dass sie nicht so ganz versteht von was ich spreche.

>>Ich habe nur die Vögel beobachtet und mir vorgestellt, ich könnte mit ihnen davon fliegen. Aber dafür fehlen mir leider die Federn.<<

Ich zucke mit den Schultern, und wir beide müssen lachen. Sie legt mir wieder die Handschellen an, und bringt mich zurück in meine Zelle. Die folgenden Tage vergehen langsam, und der eintönige Tagesablauf macht mich fast verrückt. Ich verbringe viel Zeit damit, die Augen zu schließen, und mich an andere Orte zu träumen. Ein Ort, der immer wieder seinen Weg in meine Gedanken findet, ist das Meer. Ich stelle mir vor, wie ich am Strand stehe, und der salzige Wind streift über mein Gesicht. Ich kann den nassen, kühlen Sand zwischen meinen Fußzehen spüren, und fühle, wie die Wellen sich sanft um meine Knöchel legen.

Ein anderer schöner Traum ist, im Morgengrauen, wenn die Luft noch frisch ist, im gestreckten Galopp mit meinem Pferd durch die Felder in die aufgehende Sonne zu reiten.

All diese Träume helfen mir durch die Zeit in dieser einsamen Zelle, und ich nehme mir vor, dass ich all diese Sachen, wenn ich hier raus komme, tun werde. Und so vergehen die ersten 30 Tage meiner Haft.

Am 31. Tag öffnet sich mittags das Beobachtungsfenster, und Sarah schaut herein.

>>Hey Mädchen, heute ist dein großer Tag, komm vor, ich soll dich in den Zellentrakt, für den normalen Vollzug bringen.<<

Ich stehe auf und gehe zur Tür.

>>Was heißt das?<<

Ich schaue sie fragend an.

>>Das heißt, dass du in den anderen Zellenblock verlegt wirst. Das heißt, dass du dir eine Zelle mit jemandem teilen wirst und dass du zum Arbeitsdienst eingeteilt bist. Kein Alleinsein mehr und keine endlose Langeweile mehr. Außerdem kannst du am Sonntag Besuch empfangen, und du kannst aus deiner Zelle, ohne dass du Handschellen verpasst bekommst. Mit anderen Worten: Ab heute geht's dir besser.<<

Ungläubig sehe ich sie an.

>>Ist das dein Ernst?<<

Sie lacht.

>>Würde ich etwa, über so etwas Scherze machen?<<

Ich sehe sie noch einmal prüfend an.

>>Nein.... Nein das würdest du nicht. Wenn du nicht wärst, wäre ich hier drin wohl schon

durchgedreht. Arbeitsdienst, was bedeutet das?<<

Sie schüttelt den Kopf.

>>Ich weiß nicht, wo sie dich hinstecken, aber es wird wohl in der Wäscherei, oder in der Küche sein, wie auch immer, du wirst Beschäftigung haben, und deine Zeit wird schneller rumgehen.<<

Erleichtert fahre ich mir mit den Händen durch die Haare.

>>Bekomme ich dann auch etwas zum Schreiben, oder zum Lesen?<<

>>Aber sicher, du kannst dir Bücher aus der Gefängnisbücherei leihen, das wird hier sogar gerne gesehen. Aber genug, jetzt gib mir bitte deine Hände, ist auch zum letzten mal.<<

Ich drehe mich um und halte ihr die Hände auf meinem Rücken hin.

>>Nein, vorne tut es heute.<<

Ich drehe mich ihr zu, und strecke ihr die Hände, durch den Schlitz entgegen. Die Handschellen rasten ein, und ich mache einen Schritt zurück, bis sie die Tür geöffnet hat.

>>Na komm,<<

meint sie, und ich trete aus der Zelle. Bevor wir gehen, drehe ich mich noch mal zur Zelle um, Gedanken schießen mir durch den Kopf, und ich hoffe, dass ich diese Zelle nie wieder sehen muss. Sarah nimmt mich am Arm, und wir gehen in Richtung des anderen Zellenblocks.

Mitte Oktober

Als wir dort ankommen, sehe ich mich um. Der Zellenblock ist zweistöckig, die Türen der einzelnen Zellen sind aus Gitter. Aus manchen Zellen, schauen ein paar sehr finstere Gestalten heraus, und mir kommt der Gedanke, dass meine neue Zellengenossin, ja nicht unbedingt nett und freundlich sein muss. Auch sie, wird irgend etwas ausgefressen haben, sonst wäre sie ja nicht hier.

Dann bleiben wir stehen, und Sarah ruft:

>>Die 139 öffnen.<<

Ein Signal ertönt, und die Zellentür öffnet sich. Sarah nimmt mir die Handschellen ab, und gibt mir ein Zeichen, dass ich in die Zelle gehen soll. Ich betrete die Zelle, und wieder ertönt das Signal, und die Tür schließt sich wieder. Ich drehe mich zu ihr um, und sehe sie an.

>>Ich bin nur sehr selten in diesem Block, aber ich komme mal vorbei und sehe nach dir O.K.?<<

Ich lächle und Sarah geht.

Ich drehe mich um und bemerke, wie meine Zellengenossin mich beäugt. Ich sehe sie etwas unsicher an. Sie ist eine Schwarze, mit einer kräftigen Figur, ich schätze sie auf Ende 40.

Sie lehnt sich zurück und faltet die Hände über dem Bauch zusammen.

>>Ach du liebe Güte. Was bist du denn für ein Grünschnabel?<<

Sie mustert mich weiter.

>>Also, du gehörst hier aber gar nicht her. Was hast du gemacht? Einem Baby den Schnuller geklaut?<<

Sie lacht laut los, dann steht sie auf und geht zur Zellentür.

>>Hey Michelle, hast du gesehen, was die mir für einen Grünschnabel in die Zelle gesetzt haben?<<

>>Jep, hab ich. Sei froh, mit der hast du wenigstens keinen Ärger,<<

kommt die Antwort aus der anderen Zelle. Alle Lachen laut, und ich gehe langsam auf das freie Bett zu. Frische Bettsachen sind bereits dort, und ich mache mein Bett.

>>Hey, Grünschnabel, wie heißt du?<<

Fragt mich meine Zellengenossin, und kommt zu mir ans Bett.

>>Tracy<<,

sage ich, und schaue sie an.

>>Mein Name ist Virginia, aber die meisten hier nennen mich nur Gina.<<

Sie lehnt sich mit dem Rücken an die Wand, und verschränkt die Arme vor der Brust.

>>Wofür haben sie dich hier rein gesteckt?<<

Eine Wärterin, die gerade vorbei kommt, meint:

>>Lass dich nicht von ihr täuschen, Gina. Die sitzt wegen schwerer Körperverletzung, hat einen Cop zusammengeschlagen.<<

Ich drehe mich um, hole Luft und setze zum Protest an. Aber dann denke ich mir, *für was? Ist doch egal, was die anderen von mir denken.* Also schlucke ich runter, was ich sagen wollte, und ignoriere die Wärterin einfach. Diese geht weiter, und Gina dreht sich wieder zu mir um.

>>Einen Cop zusammengeschlagen! Du gefällst mir.<<

Sie klopft mir anerkennend auf die Schulter, und wendet sich wieder ihren Schreibsachen zu. Ich schaue ihr mit gerunzelter Stirn nach, dann mache ich mein Bett fertig und setze mich darauf.

Dasselbe Signal ertönt, das auch schon zu hören war, als ich in diese Zelle gebracht wurde. Alle Türen gehen auf, und ich sehe Gina fragend an.

>>Mittagessen,<<

sagt sie knapp, und fordert mich winkend auf, mitzukommen. Ich folge ihr durch einige Gänge, und wir kommen in einen großen Saal. Dort stellen wir uns in einer Schlange an, und holen unser Essen.

>>Du kannst dich zu mir setzen, wenn du möchtest,<<

meint Gina und steuert auf einen Tisch zu. Wir setzen uns, und ich sehe sie an.

>>Wie lange bist du schon hier?<<

Sie winkt ab und sagt:

>>Viel zu lange. Genau vier Jahre, fünf Monate und 14 Tage.<<

>>Wie hältst du das nur aus? Ich bin jetzt einen Monat hier und könnte verrückt werden,<<

meine ich. Sie lacht:

>>Glaub mir, der Mensch gewöhnt sich an alles. Was bleibt mir anderes übrig? Ich habe sieben Jahre ohne Bewährung gekriegt, und die muss ich absitzen. Hätte mich halt nicht erwischen lassen dürfen.<<

Ich sehe sie fragend an:

>>Wobei haben sie dich denn erwischt?<<

Sie lehnt sich nach vorn und fährt leise fort: >>Hör zu, Grünschnabel, ich gebe dir einen guten Rat. Stell hier drin nicht zu viele Fragen, je mehr du weißt, desto gefährlicher lebst du. Halte dich so gut es geht von den Anderen weg, dann hast du die besten Chancen, hier wieder heil raus zu kommen. Und noch etwas, verärgere ja die Wärterinnen nicht. Das kann schmerzhafte Folgen haben.<<

Das habe ich schon mitbekommen, denke ich mir, und für den Rest des Essens schweigen wir.

Zurück in der Zelle angekommen, wundere ich mich darüber, dass die Türen nicht geschlossen werden. Sie bleiben offen, und man kann sich in den Gängen frei bewegen. Ich entschließe mich, diese neue Bewegungsfreiheit zu nutzen, und einen kleinen Spaziergang zu machen. Ich laufe durch die Gänge. Die Zellen sehen alle gleich aus, nur durch ein paar persönliche Dinge, und Bilder, die an den Wänden hängen, unterscheiden sie sich.

Die Frauen, die sich hier in den Zellen, und auf den Gängen aufhalten, sind mir nicht geheuer, und ich entscheide mich, wieder in meine Zelle zu gehen.

Auf meinem Weg zurück treffe ich auf eine Gruppe von Frauen, die im Gang stehen. Eine davon schaut mich an, und stellt sich mir in den Weg.

>>Willst du hier durch?<<

Ich sehe sie an.

>>Ja, das hatte ich eigentlich vor.<<

Sie dreht sich zu den anderen um, und alle fangen an zu lachen, dann dreht sie sich wieder mir zu.

>>Du weißt ja, dass das etwas kostet, oder?<<

Ich verdrehe genervt die Augen und schaue sie wieder an.

>>Was soll der Scheiß, ich hab nichts, was ich euch geben könnte. Ich komme gerade aus der Isolationshaft, und ich habe keine große Lust, wieder da zu landen. Also, lass mich einfach in Ruhe, O.K.?<<

Sie baut sich vor mir auf und meint:

>>Wenn du nichts hast, was du mir geben kannst, dann musst du halt anders bezahlen.<<

Sie kommt noch näher, und sieht mir in die Augen. *Oh Gott,* denke ich mir, *die stinkt ja mächtig nach Ärger.* Ich entscheide mich für die Flucht nach vorne und baue mich genauso auf wie sie. Wütend schnaubt sie mich an.

>>Du wagst es, dich mit mir anzulegen?<<

Ich versuche ganz cool auszusehen und sie nicht merken zu lassen, dass ich mir vor Angst fast in die Hosen mache. Sie hebt die Hand und gibt mir einen Schubs. Aber bevor es zu einer Auseinandersetzung kommt, werden wir von Gina unterbrochen.

>>Hey Donna, hör mit dem Mist auf und lass den Grünschnabel in Ruhe.<<

Donna dreht sich Gina zu:

>>Seit wann führst du dich denn als Beschützer auf?<<

Gina stellt sich vor mich und meint:

>>Seit die Kleine in meiner Zelle sitzt. Und wenn du sie verprügelst, muss ich mir die ganze Nacht

das Gejammer anhören. Also, lass sie durch, sonst jammerst du die ganze Nacht.<<

Donna schielt mich aus den Augenwinkeln an, und geht widerwillig an die Seite. Gina schnappt mich am Arm, und zieht mich an der Gruppe vorbei. Als wir ein Stück weiter sind, bleibt sie stehen und sagt:

>>Hast du denn beim Essen nicht zugehört? Ich habe dir doch gesagt, dass du dich hier mit niemandem einlassen sollst. Du magst ja einen Cop verprügelt haben, aber die macht Hackfleisch aus dir.<<

Ich sehe sie an:

>>Aber...<<

>>Nein, kein aber, komm schon.<<

Sie nimmt mich wieder am Arm und zieht mich in Richtung unserer Zelle.

Dort angekommen setze ich mich aufs Bett.

>>Danke für deine Hilfe.<<

Gina winkt ab und holt einen Block und Stift heraus.

>>Hier, wenn du Beschäftigung brauchst. Draußen gibt's doch bestimmt jemand, dem du gerne schreiben willst, oder? Kannst dann auch einen Umschlag haben. So weiß ich wenigstens, dass du nicht in Schwierigkeiten kommst.<<

Ich sehe sie an, und frage sie:

>>Warum bist du so nett zu mir?<<

Sie setzt sich ebenfalls auf ihr Bett und meint nur knapp:

>>Ich schulde Sarah einen Gefallen. Mehr brauchst du nicht wissen. Außerdem siehst du aus, als könntest du etwas Hilfe gebrauchen.<<

Also hat Sarah dafür gesorgt, dass hier jemand nach mir sieht. Warum mag sie mich so, oder hat das vielleicht andere Gründe? Ich kann mir keinen Reim darauf machen, aber ich bin froh, dass es so ist.

Der Tag vergeht, und nachdem wir vom Abendessen zurückkommen, ertönt eine Lautsprecherdurchsage, die alle Gefangenen auffordert, in ihre Zellen zu gehen. Dann erschallt wieder das brummende Signal, und alle Türen schließen sich wie von Geisterhand.

Als das Licht ausgeht, lege ich mich hin. Morgen ist Sonntag, das heißt auch, dass morgen Besuchstag ist. Ich frage mich, ob mich irgend jemand besuchen wird. Es wäre so schön, ein bekanntes Gesicht zu sehen. Und zu erfahren, was inzwischen draußen, so alles passiert ist. Außerdem würde ich gerne wissen, wie es meinen zwei Pferden geht. Ich vermisse sie fürchterlich, und hoffe, dass es ihnen gut geht. Ich frage mich, ob sie mich auch vermissen. Ich schließe die Augen, und wieder Träume ich mich an einen anderen Ort, bis der Schlaf mich übermannt.

Der Sonntagmittag kommt, und damit auch die Besuchszeit. Nach und nach werden die Gefangenen, die Besuch haben, geholt und zum Besuchsraum gebracht. Jedes Mal, wenn eine Wärterin kommt, springe ich auf, und schaue erwartungsvoll durch das Gitter zu ihr rüber. Aber jedes Mal holt sie eine der anderen.

>>Tracy, setz dich bitte auf deinen Hintern. Du machst mich mit deinem hin und her Gespringe verrückt. Wenn du Besuch hast, werden sie dich

schon holen. Die wissen, wo du bist, deshalb sind ja während der Besuchszeit die Türen zu. Du führst dich auf wie ein Hund im Tierheim, der darauf wartet, adoptiert zu werden.<<

Gina sieht mich genervt an. Ich weiß ja, dass sie recht hat, aber ich hoffe so sehr, Besuch zu bekommen, dass es mich immer wieder an die Tür treibt. Nach einer Weile, wird es mir dann aber doch zu dumm, und ich setze mich nervös aufs Bett.

Dann kommt der ersehnte Aufruf:

>>Norris, Besuch!<<

Die Wärterin kommt an unsere Zelle und ruft:

>>Die 139 öffnen!<<

Das Signal ertönt, und die Tür geht auf. Ich trete aus der Zelle, und die Tür schließt sich wieder.

>>Gott sei dank<<,

höre ich Gina murmeln. Ich drehe mich zu ihr um, und sie lächelt mir zu. Mit der Hand winkt sie mich weg:

>>Mach, dass du wegkommst.<<

Dann wendet sie sich wieder ihrem Buch zu.

Ich folge der Wärterin durch die Gänge. Wir kommen an Donnas Zelle vorbei. Neidisch blickt sie zu mir rüber, und ich kann es mir nicht verkneifen die Tatsache auszunutzen, dass Gitter zwischen uns ist, und grinse sie triumphierend an.

Wir kommen an den Besucherraum, die Wärterin öffnet die Tür, und ich gehe an ihr vorbei, in den Raum. Eigentlich, ist es kein Raum, sondern ein großer Saal, in dem eine menge Tische mit Stühlen stehen. Überall sitzen Menschen zusammen, und unterhalten sich. Suchend sehe ich mich zwischen den vielen Gesichtern um, bis ich meine Freundin sehe, die winkend, neben einem Tisch herumhüpft. Ich laufe schnell zu ihr herüber und falle ihr um den Hals. Ich klammere mich an ihr fest, und sie flüstert mir ins Ohr: >>Ich bin ja so froh, dich zu sehen. Wir haben uns schon Sorgen gemacht, weil sie uns nicht zu dir gelassen haben.<<

Wir? Uns? Ich lasse sie los und bemerke jetzt erst, dass Tom und Bryan neben mir stehen, und auch darauf warten, mich zu begrüßen. Ich falle auch ihnen um den Hals, und Tränen der Freude laufen mir über das Gesicht. Cathy, Bryan und Tom sind die einzigen Freunde, die ich habe, und ich hatte befürchtet, dass ich jetzt auch diese Freunde verlieren werde.

Wir setzen uns hin und Tom wischt mir die Tränen aus dem Gesicht. Er fährt mit seinem Finger über meine Schläfe und über meine Lippe. Die Wunden der ersten Nacht sind zwar gut verheilt, aber man kann immer noch gut erkennen, dass dort einmal Platzwunden waren. Unsere Blicke treffen sich, und er schaut mir tief in die Augen.

>>Haben sie dich etwa geschlagen?<<

Ich senke meinen Blick, und wehre mit einem Kopfschütteln seine Frage ab.

>>Es ist so schön euch zu sehen, lasst uns bitte von etwas Schönem sprechen.<<

Er sieht mich an und sagt wütend:

>>Ich habe recht, oder? Sie haben dich geschlagen. Das darf doch nicht wahr sein. Was soll das?<<

Ich lege meine Hand auf seine und sage:

>>Tom, bitte reg dich nicht auf, das ändert jetzt auch nichts mehr. Es ist ja vorbei, und ich hab es überlebt. Wenn du jetzt deshalb etwas unternimmst, wird es nachher nur auf meinem Rücken ausgetragen.<<

Er nickt, und Cathy fragt:

>>Und wie geht es dir ansonsten? Kommst du zurecht? Sollen wir das nächste mal etwas mitbringen?<<

Ich lächle und antworte:

>>Danke, mir geht es, den Umständen entsprechend gut. Ich könnte Zigaretten gebrauchen. Und kannst du mir vielleicht ein paar Bilder von den Pferden mitbringen? Wie geht es ihnen? Du hast sie doch nicht verkauft, oder?<<

Cathy schüttelt lachend den Kopf.

>>Wo denkst du hin? Natürlich sind sie noch bei mir. Sie stehen auf der Koppel bei meinen Pferden, und es geht ihnen gut.<<

Erleichtert atme ich auf.

>>Und was die Bilder betrifft...,<<

meint Cathy, holt einen Umschlag hervor, und gibt ihn mir. Gespannt mache ich den Umschlag auf, und ziehe die Bilder heraus. Dankbar drücke ich ihr einen dicken Kuss auf die Wange und sie meint:

>>Schon gut, gern geschehen, ich kenne dich doch. Aber jetzt erzähl doch, was war denn in diesem vergangenen Monat los? Warum durften wir nicht zu dir?<<

Ich erzähle, was alles seit meiner Ankunft hier passiert war. Auch Cathy, Tom und Bryan erzählen alles, was so vorgefallen ist, seit ich weg war, und die Zeit vergeht wie im Flug. Eine Durchsage unterbricht das Gespräch, und das Ende der Besuchszeit wird angekündigt.

Ich bekomme eine Gänsehaut, und mit einem gequälten Blick sehe ich die anderen an. Ich wünschte mir, ich könnte jetzt mit ihnen gehen. Wir stehen auf, und alle drei umarmen mich. Als letzter kommt Tom zu mir. Er hält mich ganz fest und sagt mir ins Ohr:

>>Bleib tapfer. Das schaffst du schon. Und pass gut auf dich auf, dass ich mir nicht so viele Sorgen zu machen brauche, O.K.?<<

Ich nicke, Tränen fangen an zu laufen, und wieder wischt er sie mir weg.

>>Ist doch nur bis nächsten Sonntag.<<

Sie drehen sich um und gehen. Mir ist, als würde mir das Herz zerspringen, als sie sich noch mal umdrehen und winken.

>>Komm schon, Norris<<,

höre ich die Stimme einer Wärterin sagen. Ich zögere einen Moment, dann lasse ich mich wieder durch die Gefängnisgänge zu meiner Zelle bringen. Die Tür schließt sich hinter mir, und rastet mit einem krachenden Geräusch ins Schloss ein. Ich drehe mich um, und starre die Gitterstäbe an. Eine Hand wird auf meine Schulter gelegt, es ist Gina.

>>Das Ende der Besuchszeit ist immer hart. Wenn der Besuch nach Hause geht und man hier bleiben muss, wird einem erst bewusst, dass man einen Teil seines Lebens verpasst.<<

Sie klopft mir aufmunternd auf die Schulter. Ich bleibe stehen ohne mich zu bewegen, und starre weiter auf das Gitter. Ich bin mir sicher, dass

Ginas Worte gut gemeint sind, aber sie depremieren mich nur noch mehr.

Der Sonntagabend vergeht, und Montag Morgen werde ich von einer Wärterin zum Arbeitsdienst gebracht. Wir kommen in die Wäscherei, und ich bekomme einen Bügelplatz zugewiesen.

Toll, denke ich mir, *ich hasse Bügeln, das kann ja heiter werden.* Eine andere Gefangene stellt einen riesigen Berg Wäsche neben meinen Platz, und die Wärterin lacht:

>>Na dann viel Vergnügen Norris.<<

Ich sehe zu dem Wäschestapel, und nehme mir das erste Kleidungsstück runter. Ich will gerade anfangen, da höre ich eine Stimme hinter mir.

>>Na schau mal einer an, wen wir da haben. Wenn das nicht Ginas Liebling ist. Nur zu dumm, dass die gute Gina nicht hier ist.<<

Ich drehe mich langsam um, und blicke direkt in Donnas höhnisches Grinsen. *Oh nein, mir bleibt aber auch gar nichts erspart,* denke ich mir, und drehe mich, ohne zu reagieren, wieder um.

>>Hey, ich rede mit dir!<<

Sie schnappt mich an der Schulter und versucht mich zu sich zu drehen. Als erste Reaktion, hebe ich meinen Arm, um mich von ihrem Griff zu befreien, aber dann erinnere ich mich selbst daran, dass genau dieser Reflex, mich hierher gebracht hat. Ich nehme meinen Arm wieder runter und lasse sie gewähren.

Ich schaue ihr in die Augen und sage:

>>Hör zu, Donna, ich weiß zwar nicht, was dein Problem mit mir ist, aber denkst du nicht, dass wir im selben Boot sitzen, und uns nicht

gegenseitig, das Leben noch schwerer machen sollten, als es sowieso schon ist?<<

Für ein paar Sekunden sieht sie mir intensiv in die Augen, dann antwortet sie:

>>Nein, wir sitzen nicht im selben Boot. Du siehst aus wie eine von diesen wohlbehüteten, verwöhnten Gören, die ich nicht ausstehen kann.<<

>>Ich bin keine verwöhnte, wohlbehütete Göre. Ich stehe auf eigenen Füßen, und bin durchaus in der Lage, für mich selbst zu sorgen<<, antworte ich ihr forsch.

>>Das scheint mir aber nicht so, sonst würdest du wohl kaum im Knast sitzen.<<

Sie lacht. Eine Wärterin kommt zu uns und fragt:
>>Gibt es ein Problem, bei euch beiden?<<

Ohne meinen Blick von Donna zu nehmen, antworte ich ihr:

>>Nein, kein Problem, Mam.<<

Sie geht langsam weiter und weist Donna an, wieder an ihren Platz zu gehen. Bevor Donna folge leistet, meint sie noch zu mir:

>>Wir beide sind noch nicht miteinander fertig. Irgendwann sind wir mal allein, und dann werde ich dir dein hübsches Gesicht verbeulen.<<

Sie lacht wieder und geht zurück an ihre Arbeit.

Mit einem Kopfschütteln, wende auch ich mich wieder meiner Arbeit zu. Ich kann nur hoffen, dass sie mich nicht wirklich irgendwann allein erwischt, ich habe irgendwie Angst vor ihr. Ich weiß ja jetzt, wie weh es tut, zusammengeschlagen zu werden, das wollte ich eigentlich nicht noch mal erleben.

Als es dann Zeit für das Mittagessen wird, sehe ich schnell zu, aus Donnas Nähe zu verschwinden, und peile im Speisesaal sofort Ginas Tisch an. Ich atme erleichtert durch, als ich mich vor ihr niederlasse, und sie meint lachend:
>>Was ist denn mit dir los? Du siehst aus wie ein gehetztes Reh.<<
Ich schaue mich kurz um, und meine dann zu ihr:
>>Rate mal, mit wem ich zusammen arbeite. Und rate mal, wer schon versucht hat, Ärger mit mir anzufangen.<<
Gina verdreht die Augen und sieht mich ungläubig an:
>>Nein, das darf doch nicht wahr sein. Sag bloß, dass du in der Wäscherei, bei Donna gelandet bist ?<<
>>Bingo! Genau da.<<
Antworte ich ihr, und puste mir eine Haarsträhne aus dem Gesicht. Gina sieht mich nachdenklich an, und sagt:
>>Das könnte ein Problem werden, vielleicht solltest du darum bitten, versetzt zu werden.<<
>>Ach nein<<,
antworte ich ihr
>>das kriege ich schon in den Griff, ich kann schon auf mich aufpassen. Wenn ich jetzt versuche, vor ihr davon zu laufen, und es klappt nicht, fühlt sie sich doch nur noch stärker. Und dann habe ich ein noch größeres Problem als vorher. Ich kann mich doch nicht zweieinhalb Jahre lang, hinter dir verstecken. Und du kannst nicht 24 Stunden am Tag auf mich aufpassen. Ich habe mir die Suppe hier eingebrockt, mehr

oder weniger, und jetzt muss ich sie auch auslöffeln.<<
Gina lacht kopfschüttelnd:
>>Das ist zwar sehr mutig, Grünschnabel, aber ich bin mir nicht so sicher, ob das klug ist.<<
Ich zucke mit den Schultern, und wäge die Situation noch mal ab, aber eine Lösung, fällt mir nicht ein. Schließlich komme ich zu dem Entschluss, noch abzuwarten, und mir ein Versetzungsgesuch als letzte Möglichkeit aufzuheben. Vielleicht würde sie das Interesse an mir ja verlieren, wenn ich nicht mehr so neu bin.
Aber als ich dann zu meinem Arbeitsplatz zurückkomme, sehe ich, dass das vielleicht nur Wunschdenken ist. Alle Sachen, die ich bis zur Mittagspause gebügelt hatte, liegen wieder zerwühlt im Wäschekorb, und Donna schielt grinsend zu mir rüber. Eine Wärterin kommt an mir vorbei und sagt:
>>Das Arbeiten hast du wohl auch nicht erfunden, oder? Aber bei mir wirst du ein bisschen schneller sein müssen. Den Korb machst du heute noch fertig, und wenn du die ganze Nacht daran stehst. Also beweg deinen lahmen Arsch, sonst mach ich dir Beine.<<
Ich höre Donna lachen, und weiß auch, dass es keine gute Idee ist, jetzt etwas zu meiner Verteidigung zu sagen. Also schlucke ich meine Wut runter, und fange von vorne an.
Als ich endlich fertig bin, ist es schon ziemlich spät. Alle anderen sind schon in ihren Zellen. Das Abendessen habe ich auch verpasst, und mein Rücken tut höllisch weh. Müde lasse ich

mich zurück zu meiner Zelle bringen. Dort angekommen lasse ich mich stöhnend aufs Bett fallen, und Gina sieht mich fragend an. Ich erzähle ihr, was passiert ist. Sie schüttelt den Kopf und meint:

>>Bist du dir sicher, dass du nicht fragen willst, ob sie dich anderswo einsetzen?<<

Ich nicke nur mit dem Kopf, und kurz darauf schlafe ich ein.

Die Wochen vergehen, und immer wieder gibt es Probleme mit Donna. Die Hoffnung, dass sich ihr Interesse an mir legt, schwindet immer mehr, und ihre Angriffe auf mich werden immer heftiger.

Mitte Dezember

Eines Morgens kommt es dann zu dem Zwischenfall, vor dem ich mich die ganze Zeit gefürchtet habe. Den ganzen Morgen habe ich mich geeilt, und alle Kleidungsstücke, die ich gebügelt habe, fein säuberlich auf eine Ablage gesetzt.

Donna kommt vorbei, und schaut mich grinsend an.

>>Na, heute bist du aber fleißig. Hast du Angst vor der bösen Wärterin?<<

Genervt verdrehe ich die Augen und versuche sie zu ignorieren. Aus den Augenwinkeln sehe ich, wie sie ihre Hand hebt, und mit einem großen Schwung meine ganze Arbeit auf den Boden fegt. Meine Geduld ist schon lange zu Ende, und ich sehe sie vor Wut kochend an.

>>Jetzt reicht es mir aber, du verdammtes Miststück!<<

Schreie ich sie an. Sie kommt auf mich zu und meint:

>>Wie hast du mich genannt?<<

Ich baue mich vor ihr auf und wiederhole mich:

>>Ich sagte: du verdammtes Miststück! Es reicht mir jetzt langsam. Ich lasse mich nicht mehr von dir tyrannisieren, ich hab die Schnauze voll.<<

Wütend kommt sie noch näher. Das ist genau das, worauf sie gewartet hat.

>>Das einzige, von was du die Schnauze gleich voll hast, ist meine Faust.<<

Sie hebt ihre Hand und macht eine Faust. Instinktiv wehre ich ihren Schlag ab und gehe zum Angriff über. Ich habe nicht vor mich schon wieder verprügeln zu lassen, ohne mich zu wehren. Mit voller Kraft hole ich aus, und treffe sie mitten ins Gesicht. Ihre Lippe fängt an zu bluten, der hat gesessen.

Doch dann kommen auch schon die Wärterinnen. Jede von ihnen schnappt eine von uns, und sie ziehen uns auseinander. Handschellen rasten ein, und wir werden beide in unsere Zellen gebracht. Als wir in meiner Zelle ankommen, nimmt sie mir die Handschellen wieder ab und gibt mir einen Schubs, dann ruft sie laut:

>>Die 139 schließen!<<

Die Tür geht zu, und sie sieht zu mir rein:

>>Ich wusste, dass du irgendwann Ärger machst, aber das wird dir noch leid tun.<<

Ich gehe vor an das Gitter und sage:

>>Ich habe mich nur verteidigt. Donna hat damit angefangen. Sollte ich mich etwa verprügeln lassen?<<

Die Wärterin lacht und antwortet:

>>Hast dich nur verteidigt, he? Ist das nicht der Grund, warum du sitzt?<<

Mir wird klar, dass ich den Kürzeren ziehen werde, und dass jetzt Ärger auf mich zu kommt. Die Wärterin macht die Handschellen an ihrem Gürtel fest, und meint im weggehen:

>>Tut mir leid, Norris, aber das muss ich jetzt Sanders melden.<<

Auch das noch, denke ich mir, und setze mich auf mein Bett. Einige Zeit vergeht, dann kommt eine Wärterin an die Zellentür.

>>Die 139 öffnen!<<

Ruft sie und die Gittertür öffnet sich.

>>O.K. Norris, komm her.<<

Ich stehe von meinem Bett auf, und gehe zur Tür. Die Wärterin stellt sich hinter mich und zerrt mir die Hände auf den Rücken. Handschellen rasten um meine Handgelenke ein.

>>Was soll das?<<

frage ich sie.

>>Halt die Klappe, das erfährst du schon gleich.<<

Sie greift nach meinem Arm, und schiebt mich den Gang entlang. Ein ungutes Gefühl kommt in mir hoch, und ich ahne schon, was jetzt auf mich zukommt. Die Richtung, in die wir gehen, bestätigt meine Vermutung.

Das darf nicht wahr sein, denke ich mir. Wir kommen in den Trakt, den ich gut kenne. Wir gehen eine Treppe hinauf, und laufen auf Zelle 28 zu. Ich bleibe stehen und schüttle meinen Kopf.

>>Nein, bitte tut mir das nicht an. Das könnt ihr
doch nicht machen!<<
Der Griff der Wärterin wird fester, und mit aller
kraft zieht sie mich in Richtung der Zelle.
>>Nein! Da geh ich nicht wieder rein!<<
Ich wehre mich mit allen Mitteln. Mein einziger
Gedanke ist, dass ich das nicht noch mal
aushalte, *lieber sterbe ich, als noch mal dieses
Loch zu ertragen,* denke ich mir. Inzwischen ist
noch eine zweite Wärterin dazugekommen, die
die Zelle aufschließt. Dann kommt sie der
anderen Frau zu Hilfe. Sie zieht ihren
Schlagstock aus dem Gürtel und schlägt mir in
den Rücken. Ich schreie auf und falle auf die
Knie.
>>Hör auf, Ärger zu machen, das hat dich ja in
diese Lage gebracht!<<
Dann schiebt sie den Stock unter meinen Armen
durch und zieht mich damit wieder auf die Beine.
Ich entscheide mich nachzugeben, und gehe auf
die Tür zu, dort angekommen, nimmt sie mir die
Handschellen ab, gibt mir einen Schubs, und ich
stolpere in die Zelle. Die Tür wird geschlossen.
Ich renne auf die Tür zu und versuche, sie wieder
aufzuschieben, aber sie ist schon
abgeschlossen. Tränen laufen mir über das
Gesicht, und ich hämmere mit den Fäusten
gegen die Tür:
>>Lasst mich hier raus!<<
Schreie ich verzweifelt, aber ich weiß, dass das
sinnlos ist. Wütend trete ich gegen die Tür:
>>Ihr verdammten Schweine!<<
Ich drehe mich um, und lehne mich mit dem
Rücken zur Tür:

>>Ihr könnt mich doch nicht schon wieder hier drin einsperren.<<

Weinend lasse ich mich langsam auf den Boden rutschen. Ich senke meinen Kopf, und lege die Hände vors Gesicht. Ich erinnere mich an die Worte des Gefängnisdirektors:

>>Wenn du Ärger machst, verbringst du deine gesamten zweieinhalb Jahre hier drin.<<

Oh Gott, denke ich mir, *das darf doch nicht wahr sein.* Ich stehe auf, drehe mich um die eigene Achse und sehe die Wände an. Ich habe das Gefühl, als müsste ich ersticken. Ein unbändiges Verlangen, laut zu schreien, kommt in mir hoch. Meine Verzweiflung wird immer stärker, bis ich nicht mehr klar denken kann. Ich setze mich wieder vor die Tür, und irgendwann fange ich an meinen Kopf gegen diese verhasste Tür zu schlagen. Den Schmerz spüre ich nicht. Ganz langsam, immer wieder trifft mein Kopf die Tür. Ich starre nur vor mich hin, ins Leere. Alles ist mir egal, *was soll's,* denke ich mir, *ist doch sowieso alles egal. Mein Leben ist verpfuscht. Ich werde für den Rest meines Lebens eine Kriminelle sein. Wer wird schon noch etwas von mir wissen wollen? Ich hatte auch so schon nie besonders viele Freunde gehabt. Hey, schau mal, die da drüben, die kommt gerade aus dem Knast! Werden sie sagen, und dem Finger auf mich zeigen. Dann besser gleich Schluss machen, dann erspare ich mir wenigstens dieses Loch.*

Ich schlage den Kopf noch fester gegen die Tür. Blut läuft mir über das Gesicht. Ich höre, wie das Beobachtungsfenster geöffnet wird. Das Licht einer Taschenlampe scheint in die Zelle, und eine Frauenstimme ruft:

>>Norris? Hey, wo steckst du? Komm, steh auf, dass ich dich sehen kann!<<

Es ist, als würde ich sie gar nicht richtig wahrnehmen. Ich kann sie zwar hören, aber ihre Worte sind bedeutungslos.

>>Hier ist Daniels, ich bin gerade auf meiner Kontrolltour, in der 28 gibt's Probleme. Könnt ihr mir bitte Verstärkung schicken?<<

>>Alles klar, wir sind unterwegs!<<

höre ich die Antwort über das Funkgerät. Dann höre ich sie wieder zu mir sprechen.

>>Norris, komm mach kein Scheiß. Wir wollen dir doch alle nur helfen, Norris!<<

Ich höre Schritte und die Frau ruft:

>>Oh, gut, dass ihr da seid. Ich kann sie nicht sehen. Ich höre nur, wie etwas gegen die Tür schlägt.<<

Die Tür wird geöffnet. Ich kippe nach der Seite weg und spüre wie ein paar kräftige Hände nach mir greifen.

>>Nein! Lasst mich los!<<

schreie ich, und wehre mich mit aller Kraft. Dann wird mir schwindlig, meine Beine geben nach, mit letzten Kräften versuche ich mich noch zu wehren. Den stechenden Schmerz an meinem Arm bekomme ich noch mit, dann sacke ich zusammen und verliere das Bewusstsein.

Ich öffne die Augen, die Zelle wirkt verzerrt, und meine Sicht ist verschwommen. Ich versuche mich zu bewegen, doch irgend etwas hindert mich daran. Langsam hebe ich meinen Kopf, und sehe zu meinen Händen. Sie sind mit Lederriemen an das Bett gefesselt. Auch meine Beine haben nicht viel Bewegungsfreiheit. Ich versuche mich zu erinnern, was passiert war, aber alle Ereignisse der letzten Stunden sind wie von einem Schleier bedeckt. Ich weiß, dass etwas passiert ist, aber ich bin nicht imstande mich zu erinnern. Auch meine Gefühle sind völlig taub, ich spüre nur eine große Leere. Ich sehe zur Tür. Das Beobachtungsfenster ist offen, aber keiner ist zu sehen, *seltsam,* denke ich mir.

>>Hallo<<,

rufe ich mit schwacher Stimme.

>>Hallo, ist da jemand?<<

Ich lege den Kopf wieder zurück, alles dreht sich mit mir.

>>Hey, Mädchen, da bist du ja wieder. Was machst du denn für Sachen?<<

Sarah schaut zum Fenster herein, dann öffnet sie die Tür und kommt zu mir. Ich sehe sie fragend an.

>>Was ist passiert? Ich kann mich an nichts erinnern, irgend etwas muss doch passiert sein?<<

Sie wirft mir einen nachdenklichen Blick zu, dann setzt sie sich aufs Bett.

>>Du hast dir gestern Nacht so lange den Kopf gegen die Tür gehauen, bis er geblutet hat. Weißt du das nicht mehr?<<

Ich schließe die Augen und versuche mich zu erinnern. Ganz dunkel kommen einige Details wieder in mein Gedächtnis zurück.

>>Das wird als Selbstmordversuch eingestuft. Du bist völlig ausgeflippt. Sie haben dich mit drei Wärtern festgehalten, dann haben sie dich mit genug Beruhigungsmittel vollgepumpt, um einen Elefanten zu Fall zu bringen. Du bist jetzt schon seit fast 14 Stunden weggetreten. Ich hab mir schon Sorgen gemacht. Mädchen, wenn du jetzt nicht die Nerven behältst, wird alles immer schlimmer. Du machst dir das Leben hier drin unnötig schwer. Ich kann mir vorstellen, wie schlimm diese Isolationshaft ist. Aber wenn du so weitermachst, verspielst du dir jede Chance auf eine Bewährung. Das geht zwar erst nach sechs Monaten Haft, aber es ist doch ein Hoffnungsschimmer. Du musst dich zusammenreißen. Dr. Malcom redet mit Sanders, vielleicht erlaubt er ja dass du ein Buch bekommst, dann hast du ein bisschen Beschäftigung. Also versprich mir, dass du so etwas nicht mehr machst. Ich versuche dir ja schon zu helfen, aber wenn ich noch mehr mache, bringe ich meinen Job in Gefahr.<<
Sie macht eine kurze Pause, und streicht mir die Haare aus dem Gesicht, dann fährt sie fort.
>>Irgendwie tust du mir ja leid. Du hast ein seltenes Talent dafür, immer wieder in Schwierigkeiten zu geraten, obwohl es eigentlich gar nicht deine Absicht ist. Aber vieles machst du dir mit deinem Dickschädel auch selbst schwer. Wenn du nicht bald zur Vernunft kommst, und einlenkst, sitzt du wirklich noch die ganze Strafe hier drin ab. Also denk mal darüber nach.<<
Sie steht auf.
>>Sarah!<<

Rufe ich ihr nach.

>>Wie lange bleiben diese Dinger denn noch dran?<<

Ich bewege meine Hände, soweit es geht, um auf die Lederfesseln aufmerksam zu machen.

>>Ich weiß es nicht. Aber bestimmt noch über Nacht, oder bis sie sich sicher sind, dass du friedlich bist. Ruh dich noch ein bisschen aus. Du hast eine ganz schöne Beule am Kopf. Ich komme regelmäßig vorbei und sehe nach dir.<< Sie dreht sich um und geht. Die Zeit vergeht, und ich schlafe wieder ein.

Als ich wieder wach werde, ist die Zellenbeleuchtung an, es muss also schon spät sein. Ich höre Stimmen, und Sarah betritt in Begleitung von zwei Wärtern, und Dr. Malcom die Zelle. Dr. Malcom kommt zu mir und setzt sich auf das Bett.

>>Tracy. Ich werde dir jetzt noch eine leichte Beruhigungsspritze geben. Danach werden die beiden Wärter, dir die Fesseln abnehmen. Meinst du, dass du den ersten Schock überwunden hast?<<

Ich sehe ihn an, und denke an Sarahs Worte. Ich nicke. Er greift in seine Tasche, dann zieht er eine Spritze auf. Wieder spüre ich ein Stechen an meinem Arm. Als er fertig ist, gibt er den Wärtern ein Zeichen, und sie kommen zu mir, und nehmen mir die Fesseln ab. Ich setze mich hastig auf, und mir wird schwindelig. Dr. Malcom greift nach mir, und hält mich an den Schultern fest.

>>Langsam Tracy, bleib erst mal liegen. Du bist noch recht wacklig auf den Beinen. Wir wollen ja nicht, dass noch etwas Passiert.<<

Ich lege mich wieder zurück, und atme tief durch. Alle verlassen die Zelle, und Türe und Beobachtungsfenster werden geschlossen. Durch die Tür kann ich hören, wie Dr. Malcom sagt:

>>Ich möchte, dass du sie jede halbe Stunde überprüfst. Wenn etwas sein sollte, benachrichtigt ihr mich bitte sofort. Ich möchte nicht das sie in eine Beobachtungszelle gebracht wird. Die sind ja noch kleiner. Da dreht sie eventuell ganz durch.<<

>>Geht klar<<,

höre ich Sarah sagen. Dann entfernen sich ihre Schritte.

Ganz langsam setze ich mich auf. Ich fasse mir mit einer Hand an den Kopf. Ein Verband ist auf meiner Stirn, als ich ihn berühre, schmerzt es. Ich rutsche vor, bis an die Bettkante, und lasse die Beine vom Bett rutschen. Ich stütze mich am Kopfteil des Bettes ab, und stehe vorsichtig auf. Alles dreht sich mit mir, und ich brauche eine Weile, bis ich mein Gleichgewicht gefunden habe.

Wacklig laufe ich rüber zum Waschbecken, dort stütze ich mich ab, und sehe in den Spiegel. Ich streiche mir die Haare an die Seite und blicke auf den weißen Verband an meiner linken Stirnseite. Ich drehe das Wasser auf, und trinke einen Schluck. Dann gehe ich wieder zum Bett, und setze mich hin. *Puh,* denke ich mir, *das war anstrengend.* Ich schüttle langsam den Kopf und frage mich, wie ich es nur immer wieder schaffe, mich in solche Situationen zu manövrieren.

Hab ich denn wirklich so einen Dickschädel? Oder ist es nicht normal, dass man in dieser Zelle durchdreht? Vielleicht muss ich auch nur härter im nehmen werden. Aber das ist leichter gesagt als getan, besonders viel Mut hatte ich noch nie. Ich sehe mich um, lehne mich zurück und denke, *diese Zeit wird vorbei gehen, ich bin doch erst 21 Jahre. Wenn ich hier raus komme, habe ich doch noch mein ganzes Leben vor mir. Dann ist das hier halt eine kleine ,Auszeit'. Ich kann ja nach meiner Entlassung woanders hinziehen, es muss ja dann nicht jeder wissen, dass ich im Gefängnis war. Ist das Leben nicht immer wertvoll, egal wie dreckig es einem geht?*

Das Beobachtungsfenster geht auf, und Sarah schaut herein:

>>Das Licht geht gleich aus, aber ich bin immer in der Nähe. Wenn etwas ist rufst du einfach. O.K.?<<

Ich nicke, und sie schließt das Fenster wieder. Ich lege mich hin, und das Licht geht aus. Eine Weile liege ich noch wach, und sehe die durch das Mondlicht erzeugten Schatten der Gitterstäbe an der Wand an. Irgendwann schlafe ich ein.

Am nächsten Morgen werde ich geweckt, als eine Wärterin mich ruft.

>>Hey Tracy! Dein Frühstück!<<

Ich blinzle zur Tür, und setze mich auf.

>>Ist bei dir alles in Ordnung?<<

fragt sie, das Tablett auf die Ablage schiebend. Verschlafen nicke ich, stehe auf und hole das Tablett.

Der Vormittag verläuft so, wie ich es gewohnt bin, bis sich wieder das Fenster öffnet, und Sarah mit einem Lächeln herein sieht.

>>Hey Mädchen, wie geht es dir heute?<<

Ich zucke mit den Schultern und meine:

>>Na ja, es geht so.<<

Sie öffnet die Klappe:

>>Ich habe hier eine Überraschung für dich.<<

Dann schiebt sie etwas auf die Ablage. Ich stehe auf, und gehe zur Tür. Es ist ein Buch. Ungläubig sehe ich sie an.

>>Für mich?<<

Ich hätte nie gedacht, dass ich mich einmal so über ein Buch freuen könnte.

>>Wie lange darf ich es behalten?<<

Sarah lacht und sagt:

>>Du kannst es behalten, ich habe es für dich mitgebracht. Es gehört meiner Tochter, sie ist damit einverstanden, dass ich es dir schenke. Ich hoffe, dass es etwas ist, das dich interessiert.<<

Ich lese den Titel: ‚Justin Morgen hatte ein Pferd‘, Ich sehe sie freudestrahlend an.

>>Ich liebe Pferde.<<

>>Das freut mich. Dann viel Spaß beim lesen.<<

Sie zwinkert mir zu und schließt die Klappen. Ich nehme das Buch, gehe wieder zum Bett, und mache es mir bequem. Als ich es aufschlage, fällt etwas heraus. Ich schaue nach unten, und finde eine Feder. Ich nehme sie in die Hand, und sehe sie an, dann schaue ich nachdenklich zur Tür. Sarah hatte sich an unser Gespräch im

Gefängnishof erinnert. Ich bin gerührt von dieser stillen Geste des Trostes. Wer weiß, wenn wir uns unter anderen Umständen kennengelernt hätten, wären wir vielleicht Freundinnen geworden. Als ich mich wieder dem Buch zuwende, sehe ich eine Widmung, da steht: ‚Für Tracy, gib nicht auf, alles wird sich zum besten wenden! Sarah.'

Dankbar für diese aufbauenden Worte blättere ich weiter und beginne zu lesen.

Die Zeit vergeht, und Gina hat recht. Der Mensch gewöhnt sich an fast alles. Ich habe mich damit abgefunden, auf unbestimmte Zeit in dieser Zelle eingesperrt zu sein. Eigentlich bin ich mir nicht sicher, ob ich mich daran gewöhnt habe, oder ob ich einfach aufgegeben habe. Ich bin einfach nur müde. Zu müde zum kämpfen. Ich habe eingesehen, dass ich an dieser Situation nichts ändern kann. Das schlimmste ist jedoch, das ich Cathy, Bryan und Tom nicht sehen darf. Ich vermisse die Sonntage schrecklich, waren sie doch das einzige gewesen worauf man sich hier freuen kann. Aber solange ich in Isolationshaft sitze, ist an Besuch nicht zu denken.

Die Tage haben alle den gleichen Ablauf. Aber da es jetzt auf den Winter zugeht, regnet es viel, und dann fällt der Hofgang aus. Diese Tage sind besonders schlimm, verlängern sie doch die Zeit in der Zelle, um eine dreiviertel Stunde. Und eine dreiviertel Stunde, kann hier eine Ewigkeit sein. Der einzige Trost ist, wenn Sarah Dienst hat und sich hier und da mit mir unterhält. Wann immer es möglich ist, bringt sie mir etwas zum lesen mit, wofür ich ihr sehr dankbar bin. Außerdem, sind inzwischen, auch einige der anderen Wärterinnen recht nett zu mir, vielleicht haben sie ja gemerkt, dass ich gar nicht so bin, wie sie mich am Anfang eingeschätzt haben.

Schlimm sind auch die langen Abende, wenn das Licht ausgeht, und ich noch nicht schlafen kann. Wovon sollte ich auch müde sein? Dann liege ich wach auf meinem Bett und wünsche mir jemanden, der mich in den Arm nimmt. In solchen Nächten, wird ein Verlangen nach menschlicher Nähe, und nach Zärtlichkeit in mir wach.

Einsamkeit hat viele hässliche Gesichter, und hier lerne ich alle davon kennen.

Heute Nacht, ist wieder eine solche Nacht, und ich habe mir das Bett unter das Fenster geschoben. Draußen regnet es in Strömen, und lauter Donner wechselt sich mit Blitzen, die über den Himmel zucken, ab. Ich stehe auf dem Bett und sehe raus in den Gefängnishof. Das Licht der Scheinwerfer, die an der Mauer entlang das Gelände beleuchten, verzerrt sich durch den starken Regen. Die Wachposten, die auf dem Gelände, und auf den Wachtürmen Dienst machen, haben Regencapes an, unter denen sie auch ihre Waffen verstecken, damit sie nicht nass werden. Inzwischen habe ich mich an den Anblick, und an das Gefühl gewöhnt, dass ständig geladene Waffen in meiner Nähe sind. Als ich das erste mal im Gefängnishof war, hatte mich diese Tatsache, sehr geängstigt. Aber jetzt gehört es zu meinem Alltag, und ich versuche nicht daran zu denken, wenn ich meine Runden im Hof drehe.

Die Nacht vergeht, und wieder beginnt ein neuer Tag auf acht qm. Frühstück, Mittagessen, dann öffnet Sarah das Beobachtungsfenster.

>>Hallo Tracy! Ich habe hier etwas für dich!<<

Sie reicht einen Umschlag durch das Fenster. Ich nehme ihn aus ihrer der Hand, und lese was auf ihm steht. Er ist an mich, und an das Gefängnis adressiert. Ich drehe ihn um, und lese den Absender, er ist von Tom.

Ich sehe Sarah an und frage sie:

>>Darf ich den denn haben?<<

Sie lacht und meint:

>>Na, sonst hätte ich ihn dir doch nicht gegeben. Wer ist Tom? Ist das dein Freund?<<

Ich schüttle meinen Kopf:

>>Nein, er ist nur ein guter Freund.<<

Sarah zwinkert mir zu und schließt das Fenster. Ich gehe zu meinem Bett, hole den Brief aus dem Umschlag und beginne zu Lesen.

Liebe Tracy,

da wir Dich nicht besuchen dürfen, habe ich mich entschieden, Dir einen Brief zu schreiben. Ich hoffe, dass er dich auch erreicht und dass es dir gut geht. Alles, was wir erfahren konnten, ist, dass du wieder in Isolationshaft sitzt, weil du angeblich Ärger gemacht hast.

Ich habe irgendwie Angst, dass sie dich wieder geschlagen haben, und hoffe, dass ich mit meiner Befürchtung falsch liege. Der Gedanke daran, dass dir jemand weh tut, ist für mich schrecklich. Ich wünschte, ich könnte dir auf irgendeine Weise helfen.

Diese Isolationshaft, muss für dich schrecklich sein. Ich weiß doch, wie ungern du allein bist. Ich wäre jetzt gerne bei dir, dann würde ich dich in den Arm nehmen, und dir wieder die Tränen wegwischen. Immer wenn ich an dich denke, muss ich auch an diesen ersten Besuchstag denken und daran, wie du geweint hast, und an die Narben in deinem Gesicht.

Aber was mach ich da, dieser Brief soll dich doch eigentlich aufmuntern, doch das ereiche ich so bestimmt nicht.

Also will ich jetzt über etwas schreiben, was dich hoffentlich aufmuntert. Solange du nicht hier bist, gehe ich Cathy mit den Pferden zur Hand. Ich hoffe, dass du damit einverstanden bist dass ich deine zwei gelegentlich auch reite.

Als wir vor ein paar Tagen ausgeritten sind (ich habe deinen Liebling Shadow geritten), hat er mich doch glatt in den Dreck gesetzt. Und dann ist er auch noch nach Hause gelaufen, und ich musste den ganzen Weg zu Fuß zurück gehen. Cathy hat sich fast totgelacht, und ich denke, dass auch du jetzt einmal lachen musst.

Ich lasse den Brief sinken, und stelle mir die Situation bildlich vor. Tom hat recht, ich muss laut lachen. Kenne ich doch meinen Shadow, und seine Macken nur zu gut. Wie oft hatte er das schon mit mir gemacht, bis ich ihm auf die Schliche gekommen bin, und mir gemerkt habe wann, und wo er anfängt zu buckeln.

Ich denke an die gemeinsamen Ausritte mit Tom, sie fehlen mir. Und auch die langen Sommerabende, wenn wir bis spät in die Nacht auf der Veranda gesessen haben und über alles mögliche diskutiert oder einfach nur Musik gehört haben. Eigentlich fehlt Tom mir.

Sarah öffnet das Fenster, und sieht zu mir herein.

>>Scheint ja ein lustiger Brief zu sein. Das ist das erste mal, dass ich dich richtig von Herzen lachen sehe. Das tut dir mal gut, du solltest öfter solche Post bekommen. Kommst du vor? Zeit zum duschen.<<

Auf dem Weg zu den Duschen fragt sie mich: >>Was war denn in dem Brief so lustig, dass es dich endlich einmal zum lachen gebracht hat? Natürlich nur, wenn du es mir erzählen willst.<<

Ich berichte Sarah, was in dem Brief steht, und auch sie muss darüber lachen. Sie sieht mich an und fragt:

>>Du hast zwei Pferde?<<

>>Ja, habe ich dir das noch nicht erzählt?<< Antworte ich ihr.

>>Nein, aber das freut mich, dann habe ich mit dem Buch ja goldrichtig gelegen. Was sind es denn für Pferde?<<

>>Es sind zwei schwarze Quarterhorses. Ihre Namen sind Shadow und Eagle. Ich bin froh, dass sie in guten Händen sind und dass ich mir keine Sorgen um sie machen muss. Ich hänge sehr an ihnen, ich würde dir ja Bilder von ihnen zeigen, aber die hab ich weggenommen bekommen, als sie mich wieder in die Isolationshaft gesteckt haben.<<

Sarah schaut mich an und meint:

>>Ich schaue mal, ob ich sie dir zukommen lassen kann.<<

>>Das wäre schön, aber bekommst du auch keinen Ärger? Das möchte ich nicht, du hast mir schon so viel geholfen.<<

Sie winkt ab.

>>Ach, wegen ein paar Fotos, werden sie mir den Kopf nicht abreißen.<<

Inzwischen sind wir an den Duschen angekommen, und sie nimmt mir die Handschellen ab. Ich gehe zu den Bänken, und ziehe mich aus. Dann gehe ich zu den Duschen, und drehe das Wasser auf. Eine heiße Dusche tut zwar gut, aber ich sehne mich schrecklich nach einem langen, heißen, entspannenden Bad. Ich bin total verspannt, und mein Rücken tut mir von dem unbequemen Bett und der nicht ausreichenden Bewegung weh. Zumindest hoffe ich, dass die Schmerzen daher kommen und nicht von den Tritten, und Schlägen, die ich bekommen habe. Ich weiß ja nicht, ob da irgendwelche Verletzungen sind, danach wurde ja nie gesehen.

Ich trockne mich ab, dann lasse ich mich von Sarah in den Hof bringen. Das Wetter hat sich inzwischen beruhigt, aber noch immer hängen dicke, graue Wolken am Himmel, und es weht ein kalter Wind. Die Gefängniskleidung hält nun wirklich nicht warm, und die Strickjacke, die Cathy mir mitgebracht hat, hält die kalte Luft auch nicht besonders gut ab.

Sarah schaut mich an und fragt:

>>Willst du lieber wieder rein?<<

Und obwohl ich schon vor Kälte zittre, antworte ich ihr:

>>Nein! lieber erfriere ich, als freiwillig in meine Zelle zu gehen, bevor ich es muss.<<

Sarah schüttelt den Kopf, und zuckt mit den Schultern.

>>Wie du willst, aber du wirst dich erkälten. Ich komm dich dann in einer dreiviertel Stunde holen. Hoffentlich, bist du bis dahin nicht zu einer Eissäule geworden.<<

Sie lacht und geht.

Ich ziehe meine Strickjacke enger, und verschränke die Arme ineinander. Aber auch wenn es saukalt ist, so tut der Spaziergang doch gut.

Als meine Zeit im Hof um ist, kommt eine Wärterin auf den Zaun zu. Sie winkt mir zu. Ich gehe zum Zaun, und sehe sie fragend an. Sie lächelt und meint:

>>Sarah musste noch etwas erledigen. Ich werde dich in deine Zelle zurückbringen.<<

Auch gut, denke ich mir, und drehe mich mit dem Rücken zur Tür. Sie zieht mir die Handschellen an, und öffnet das kleine Tor. Als ich aus der Umzäunung heraustrete, kommt sie näher, und fährt langsam mit ihrer Hand an meinem Arm runter. Sanft zieht sie an den Handschellen, während sie sagt:

>>Weißt du Tracy, ich könnte dir das Leben hier bedeutend leichter, und angenehmer machen. Du müsstest nur ein bisschen nett zu mir sein.<<

Mit gerunzelter Stirn sehe ich sie an, und frage verdutzt:

>>Nett?<<

>>Ja, du weißt schon.<<
Sie nimmt meine Hand, und streichelt sie zärtlich.
OH MEIN GOTT, denke ich mir. *Wo zum Teufel bin ich hier denn gelandet? In einer Irrenanstalt? Ich dachte die ganze Zeit, ich würde im Knast sitzen.* Ich sehe sie prüfend an, *meint sie das wirklich ernst?* Ihrem Gesichtsausdruck nach zu urteilen, meint sie es sogar verdammt ernst. Ich bin mir nicht ganz sicher, ob meine Gänsehaut wirklich nur noch von der Kälte kommt, und sehe sie entsetzt an:
>>Ich soll nett zu dir sein? Ich bin zwar immer nett, aber es tut mir leid, ich bin leider nicht lesbisch. Ich steh eher auf nen knackigen Mann.<<
Ihr Gesichtsausdruck geht von ‚ich find dich so süß' zu ‚ich bring dich um', mit einer Hand umfasst sie die Kette an den Handschellen und gibt ihr, mit einer Drehung, einen kräftigen Ruck. Ein stechender Schmerz zuckt durch meine Handgelenke und ich schreie auf. Mit einem gehässigen Lachen, nimmt sie mich wütend am Arm, und zieht mich zurück zum Gebäude. In meiner Zelle angekommen, zerrt sie noch mal an den Handschellen, dann nimmt sie sie mir ab, und knallt die Klappe zu. Ich reibe mir die Handgelenke, das gibt bestimmt einen Bluterguss, aber immer noch besser als die Alternative.
So langsam frage ich mich ernsthaft, was mir hier noch alles passieren wird. Wenn ich mir das so recht überlege, dann bin nicht ich diejenige, die die Dienste von Dr. Malcom dringend benötigt. Ich habe um Gotteswillen nichts gegen lesbische

Frauen, nur etwas gegen aufdringliche lesbische Wärterinnen.

Als der Abend kommt, sind meine Gelenke schon etwas blau angelaufen, und als Sarah mir das Abendessen bringt, sieht sie erschrocken meine Arme an.

>>Was um Himmelswillen ist mit dir passiert?<<
Ich verziehe die Mundwinkel und antworte: >>Tja, das passiert, wenn man eine Verehrerin abblitzen lässt.<<
Sarah sieht mich mit großen Augen an:
>>Wie bitte? Spencer? Die Kollegin, die ich gebeten hatte, dich zu holen? Oh, das wusste ich nicht, entschuldige. Ich wollte nicht, das man dir schon wieder weh tut.<<
Ich sehe sie an und lache:
>>Mach dir keinen Kopf, ist halb so wild. Sieht schlimmer aus, als es ist. Aber ihr blödes Gesicht hättest du sehen sollen.<<
Ich muss herzhaft lachen, als ich darüber nachdenke, und auch Sarah fängt an zu lachen, als sie merkt, dass ich das ganze nicht so tragisch nehme.

Als ich am nächsten Morgen wach werde, merke ich, dass ich am Vortag wohl doch besser wieder in meine Zelle gegangen wäre. Ich habe einen Frosch im Hals, und meine Nase läuft.

Als Sarah mir am Mittag das Essen bringt, begrüße ich sie mit einem lauten Niesen.
>>Ich hab's gewusst!<<
Meint sie und sieht mich vorwurfsvoll an, als ich mir die Nase putze.
>>Ach, eine Erkältung hat noch niemanden umgebracht. Hatschi!<<

Mit einem erneuten Niesen beende ich den Satz. Sarah schaut mich zweifelnd an, und schließt die Klappe. Als sie dann am Nachmittag kommt, um mich zum duschen zu bringen, fühle ich mich so schlecht, dass ich nicht einmal dafür aufstehen will. Sarah schaut besorgt zu mir herein und meint:

>>Also, wenn du freiwillig nicht aus deiner Zelle raus willst, dann geht es dir wirklich nicht besonders gut. Möchtest du, dass ich den Arzt hole?<<

Ich schüttle den Kopf:

>>Nein das ist nicht nötig. Ist doch nichts Schlimmes. Ich bleib im Bett, und ruh mich aus. Das geht vorbei. Ist ja nicht so, als würde ich etwas wichtiges verpassen.<<

Ich leg mich wieder hin und ziehe mir die Decke bis zur Nase.

Am nächsten Tag fühle ich mich allerdings noch schlechter und merke, dass die kleine Erkältung sich langsam zu einer ausgewachsenen Grippe mausert. Das Frühstück lasse ich stehen, und als Sarah am Mittag kommt, besteht sie darauf, den Arzt zu holen. Mit einer zweiten Wärterin kommt sie zurück, und schließt die Tür auf. Sie kommen herein, und ziehen mir Handschellen an. Dann betritt der Arzt die Zelle.

Er setzt sich zu mir auf das Bett, und fasst an meine Stirn.

>>Na, scheint mir, als hättest du ziemlich hohes Fieber.<<

Er misst meine Temperatur, und macht ein besorgtes Gesicht, dann hört er mich ab, und misst meinen Puls.

Zu Sarah meint er:

>>Das gefällt mir gar nicht. Es wäre mir am liebsten, wenn wir sie auf die Krankenstation verlegen würden.<<

Sarah nickt, und kommt zu mir rüber.

>>Na komm, Tracy.<<

Sie nimmt mich am Arm, und hilft mir beim Aufsetzen. Dann hilft sie mir, meine Schuhe anzuziehen, und wir machen uns auf den Weg zur Krankenstation.

Dort angekommen, werde ich in eine Einzelzelle gebracht, und meine Hände werden mit Lederriemen am Bett fixiert.

Hey! Das kann nicht euer Ernst sein, denke ich mir, *wie zum Teufel soll ich mir so die Nase putzen? Das muss ich zur Zeit recht oft!*

Der Arzt sieht meinen missmutigen Blick, kommt zu mir ans Bett und meint erklärend:

>>Es tut mir leid Tracy, aber wir können nicht jedes Mal, wenn eine Schwester, oder ein Arzt nach dir sieht, eine Wärterin holen, und dir Handschellen anlegen. Das ist nur zum Schutz von allen.<<

Er klopft mir auf den Arm und gibt der Schwester die Anweisung, mir einen Tropf anzulegen. Dann bekomme ich einen Schalter zu meiner rechten Hand gelegt, damit ich die Schwester holen kann, wenn ich etwas brauche, und alle verlassen den Raum. Ich sehe ihnen, nach und denke, *so ein Quatsch. Ich hab 'ne Erkältung und nicht die Tollwut.*

Drei Tage vergehen. Dann endlich geht das Fieber zurück, und ich fühle mich etwas besser. Der Arzt gibt seine Zustimmung, dass ich wieder in meine Zelle zurück kann. Und ich bin froh, als Sarah mich holen kommt, und mich endlich von diesen Fesseln befreit.

Zurück in meiner Zelle, lege ich mich wieder ins Bett, froh darüber, das ich mich hinlegen kann, wie es mir bequem ist. Außerdem kann ich mir endlich, ohne mich zu verrenken, die Nase putzen.

Mitte Januar

Die Wochen vergehen, und ich werde aus der Isolationshaft entlassen. Wieder ist es Sarah, die mich in den anderen Zellentrakt bringt. Als die Gittertür der sich schließt, schaut sie mich an und meint:

>>O.K., Tracy. Zweiter Anlauf. Und bitte, versuch dich diesmal von Ärger fern zu halten.<<

Sie nimmt mir die Handschellen ab und geht.

Gina ist beim Arbeitsdienst, und ich bin allein in der Zelle. Als eine Wärterin vorbei geht, trete ich an das Gitter heran, und rufe sie. Sie dreht sich zu mir um und meint, während sie auf mich zukommt:

>>Na schau an, wer wieder hier ist. Hast du immer noch Lust zu stänkern? Oder ist dir das jetzt vergangen? Ach nein, warte. Das war ja alles nicht deine Schuld. Du hast dich ja nur verteidigt. Stimmt's, Norris <<

Sie bleibt vor der Zelle stehen und sieht mich höhnisch grinsend an. *Blöde Kuh*, denke ich mir, und versuche trotzdem, freundlich zu sein. Ich sehe sie an und frage:

>>Wäre es möglich, dass du mich raus lässt? Ich würde gerne in die Bücherei gehen.<<

Abwägend sieht sie mich an. Man merkt ihr an, das sie ihre überlegene Position genießt.

>>Ich weiß nicht, ob ich das verantworten kann. Am Ende machst du wieder Ärger, und ich muss meinen Kopf dafür hinhalten.<<

Na schön, sie will also, das ich einen Kniefall mache und bettele. Ich versuche meinen Stolz zu schlucken, und antworte ihr:

>>Nein, ich mache bestimmt keinen Ärger. Ich will mir doch nur ein Buch ausleihen.<<

Erwartungsvoll sieht sie mich an, und verschränkt die Arme vor der Brust.

>>Bitte,<<

zwänge ich mir widerwillig über die Lippen.

Sie lässt mich noch eine Minute zappeln, dann ruft sie:

>>Die 139 öffnen!<<

Und als ich aus der Zelle heraus trete, kommt sie zu mir und sagt:

>>Ich warne dich, Norris. Ein Fehltritt, und ich sorge dafür, dass du deine restliche Zeit im dunkelsten Loch absitzt, das wir hier haben, kapiert?<<

Ich atme tief durch, und versuche, sie nicht merken zu lassen, dass ich ihr am liebsten an die Kehle gehen würde, und nicke. Sie tritt an die Seite und gibt mir den Weg frei. Ich sehe zu, dass ich schnellstmöglich weg komme, und laufe zur Bücherei.

Die Tür zur Bücherei steht offen, und ich betrete zögernd den Raum.

Zwischen den Regalen steht ein junger Mann, mit einem großen Stapel Büchern im Arm. Er streckt sich, um über sie hinweg sehen zu können, und meint freundlich:

>>Komm nur rein. Ich beiße nicht.<<

In dem Moment, kommen die Bücher auf seinem Arm ins rutschen, und ich eile zu ihm, um sie aufzufangen. Ein paar davon kann ich noch erwischen, doch der Rest geht laut polternd zu Boden. Mit einem mürrischen Gesicht geht er in die Hocke, und fängt an sie aufzuheben. Auch ich gehe in die Knie, und fange an ihm zu helfen. Als dann alle auf der Theke liegen, meint er zu mir:

>>Danke für deine Hilfe. Wir haben 476 Bücher gespendet bekommen. Die müssen alle gestempelt und einsortiert werden. Die Arbeit wächst mir Buchstäblich über den Kopf.<<

Er deutet auf einen riesigen Stapel in der Ecke, der tatsächlich über unsere Köpfe ragt. Ich lächle ihn verlegen an und weiß nicht so recht, was ich antworten soll. Diese Isolationshaft hemmt langsam meine Fähigkeit, mit anderen Menschen zu kommunizieren.

>>Geh dich ruhig umsehen, wenn du etwas findest, bringst du es mir, und ich lege eine Karteikarte für dich an, O.K.?<<

Ich nicke und gehe durch die Regale. Ich fühle mich wie im Schlaraffenland, und die Wahl fällt mir schwer. In einem der Regale habe ich eine ganze Menge Pferdebücher entdeckt, und ich brauche einige Zeit, um mich zu entscheiden, welche ich nehme. Mit drei Büchern in der Hand gehe ich wieder vor zu dem netten Herrn und frage:

>>Darf man sich auch mehr als ein Buch mitnehmen?<<

Er lacht und antwortet:

>>Wie viele hast du denn gefunden?<<

Ich zeige ihm die Bücher.

>>Gefunden hab ich noch viel mehr, aber zwischen denen hier kann ich mich nicht entscheiden. Und wer weiß, wann ich das nächste mal herkommen darf.<<

Ich setze eine Bitte, Bitte Miene auf, und er sieht mich nachdenklich an.

>>Bist 'ne Leseratte, oder? Na ja, ich denke, das mit den drei Büchern geht klar.<<

Er geht um die Theke herum und zieht eine Karteikarte hervor. Ich lege ihm die Bücher auf den Tisch, und sage ihm meinen Namen. Meine Gefangenennummer liest er von meinem Hemd ab. Er trägt alles ein und gibt mir die Bücher in die Hand.

>>Ich wünsch dir viel Spaß beim lesen.<<

Er lächelt nochmals freundlich. Ich bedanke mich bei ihm und trete den Rückweg an. Während ich zurück laufe, habe ich schon die Nase in den Büchern, und so kommt es, wie es kommen muss, ich achte nicht darauf wo ich hinlaufe. Als ich um die Ecke, in den Gang, der zurück in meine Zelle führt, einbiege, stoße ich natürlich prompt mit jemandem zusammen. Papiere und Bücher fliegen durch die Luft, und ich werde abrupt aus meiner Buchtraumwelt gerissen.

Erschrocken blicke ich auf, und sehe direkt in Sanders' wütendes Gesicht. *Oh nein, Tracy, du*

Idiotin, schießt es mir durch den Kopf. Spontan fällt mir wieder das dunkelste Loch ein. Diese Wärterin macht Hackfleisch aus mir.

>>Äm, Mr. Sanders, ich meine, Direktor Sanders, Sir, entschuldigung, ich war nicht hier, ich meine ich bin hier, aber nicht mit meinen Gedanken. Warten sie, ich heb das für sie auf.<<

Ich bücke mich schnell, und fange an die Papiere einzusammeln. Auch er bückt sich, und hebt die Bücher auf. Gleichzeitig richten wir uns auf, und ich halte ihm ängstlich die Papiere hin. Er sieht sich die Titel der Bücher an, während er seine Papiere aus meiner Hand nimmt. Dann mustert er mich für einen Moment und meint:

>>Miss Norris, wenn ich mich nicht täusche, oder?<<

>>Ja, Sir.<<

Sage ich kleinlaut, und schaue erst ihn, und dann meine Bücher an. Während er mir die Bücher aushändigt, sagt er:

>>Natürlich, wer auch sonst.<<

>>Entschuldigung.<<

Flüstere ich noch mal leise und bemerke, wie die Wärterin, die mich aus meiner Zelle gelassen hatte, auf uns zu kommt. Ich fange an zu schwitzen und sehe mich in Gedanken schon wieder in Nr. 28 sitzen. Sie bleibt bei uns stehen und fragt Sanders:

>>Gibt es ein Problem mit der Gefangenen, Sir?<<

Er sieht mich eine Sekunde lang an, dann meint er:

>>Nein Hutchins, danke. Kein Problem. Ich wollte mir nur mal eben ansehen, was Miss

Norris sich aus der Bücherei geholt hat. Ich finde es gut, wenn sie liest, dann hat sie wenigstens keine Dummheiten im Kopf.<<

Er nimmt seine Papiere unter den Arm und geht weiter. Als er um die Ecke ist, drücke ich die Bücher an mich ran und gehe, mit meinem Blick auf den Boden gerichtet, an der Wärterin vorbei. Sie greift nach mir und hält mich am Arm fest, dann kommt sie ganz nah mit ihrem Gesicht an meins und erinnert mich:

>>Denk dran, kein Fehltritt, sonst mach ich dich fertig.<<

Sie lässt mich los und geht weiter. Schnell laufe ich zurück zu meiner Zelle. Ich komme dort an und bin schweißgebadet. Erschöpft von der Aufregung lasse ich mich auf mein Bett fallen.

Gina ist inzwischen wieder da und sieht mich kopfschüttelnd an.

>>Na sieh an, da ist ja unser Grünschnabel wieder. Und wie ich sehe, gibst du dir schon wieder größte Mühe, in Schwierigkeiten zu geraten. Oder deute ich deinen Gesichtsausdruck etwa falsch?<<

Ich lege die Bücher auf mein Bett und erzähle was passiert ist. Gina hört aufmerksam zu, kann sich das Grinsen aber kaum verkneifen. Als ich fertig bin, sehe ich sie fragend an.

>>Was? Ich bin tausend Tode gestorben. Was ist daran witzig?<<

Dabei muss ich selber lachen. Es ist wirklich unglaublich, aber ich scheine wirklich wie ein Magnet für Ärger zu sein. Nicht einmal so etwas Harmloses wie Bücher ausleihen kann ich hinter, mich bringen, ohne irgendwelchen Problemen zu

begegnen,. Gina lacht inzwischen Tränen, und kugelt sich auf ihrem Bett zusammen. Unter grölendem Gelächter wiederholt sie noch mal:
>>Nein, der Grünschnabel rennt doch glatt Sanders über den Haufen. Ein ganzer verdammter Knast vollgestopft mit Häftlingen, und sie rennt den Gefängnisdirektor über den Haufen.<<
Sie prustet laut und schlägt sich auf den Oberschenkel.
>>Oh Gott Tracy, du bist wirklich einzigartig.<<
Auch mir laufen schon die Tränen übers Gesicht und ich merke, wie gut es tut, zu lachen.
Als wir uns wieder etwas beruhigt haben, schnappen wir erst einmal nach Luft. Kichernd sehen wir uns an, als Hutchins vorbeikommt. Sie bleibt stehen, und sieht prüfend zu uns rein. Gina und ich haben alle beide unsere liebe Last, uns das Lachen zu verkneifen. Ich merke schon wie ich anfange, im Gesicht rot anzulaufen, meine Wangen werden dann immer ganz heiß. Gina sieht zu mir rüber und kann sich, jetzt erst recht, kaum noch beherrschen. Hutchins fragt in einem genervten Ton:
>>Gibt es bei euch ein Problem?<<
Ich versuche, ernst zu bleiben, und bringe mit Müh und Not ein halb gekichertes:
>>Nein, Mam<<, heraus.
Sie sieht uns noch mal prüfend an, dann legt sie die Hände auf den Rücken und geht weiter. Als sie an der Tür vorbei ist, springt Gina auf und läuft, sie nachäffend, durch die Zelle. Durch mein lautes Lachen angezogen, erscheint sie dann plötzlich noch mal an der Zellentür, und Gina

friert augenblicklich ein. Sie grinst Hutchins breit an, und diese läuft verärgert weiter. Als sie das zweite mal verschwunden ist, kann auch Gina sich nicht mehr beherrschen und wirft sich neben mir aufs Bett. Wir fangen wieder an, laut zu lachen, bis wir irgendwann Bauchweh haben.

Da hocken wir nun und halten uns die Bäuche. Völlig außer Puste, klopft mir Gina auf den Arm und meint:

>>Schön, dass du wieder da bist. Hast mir direkt gefehlt, mit dir kann man wenigstens mal herzhaft lachen. Hab gehört, dass sie dir ganz schön zugesetzt haben. Ist mit dir auch wirklich alles in Ordnung?<<

Ich sehe sie einen Moment an, dann nicke ich:

>>Na klar, der Mensch gewöhnt sich an fast alles. Hat mir mal ne Freundin gesagt.<<

>>Ach, du....<<

Sie wuschelt mir die Haare durcheinander, und ich werfe das Kissen nach ihr. Dann kommt eine Wärterin vorbei und brüllt:

>>Jetzt ist aber mal Schluss mit euch beiden. Keinen Ton mehr, sonst stecke ich euch beide in Einzelhaft!<<

Sie sieht uns wütend an und geht dann weiter. Gina macht eine obszöne Geste mit ihrem Mittelfinger und verkrümelt sich murmelnd auf ihr Bett. Dann geht das Licht aus, und wieder ist ein Tag vorbei.

Am nächsten Morgen kommt eine Wärterin, und holt mich aus meiner Zelle.

>>Komm mit, Norris, wir haben eine schöne Arbeit für dich gefunden. Dürfte genau zu dir passen.<<

Sie nimmt mich am Arm und schiebt mich den Gang entlang. *Oh Gott,* denke ich mir, *was kommt denn jetzt schon wieder auf mich zu.*

Wir kommen an eine Tür, die Wärterin zeigt auf sie und meint:

>>Geh da rein und melde dich bei Patrick, du wirst schon erwartet.<<

Sie dreht sich um und geht. Verdutzt gehe ich auf die Tür zu, öffne sie, und betrete den Raum.

>>Hallo?<<

Rufe ich zögernd, und sehe mich um. Hinter mir höre ich eine Stimme.

>>Ah, da ist ja meine neue Assistentin. Ich bin Patrick.<<

Inzwischen habe ich mich umgedreht und erblicke den netten Herrn, der mir die drei Bücher verliehen hatte. Er streckt mir seine Hand entgegen, ich reiche ihm meine und frage ihn verwirrt:

>>Hier? Ich soll in der Bücherei arbeiten?<<

Er lacht und fragt:

>>Ist dir das nicht recht?<<

>>Doch!<<

erwidere ich schnell, und sehe wohl immer noch etwas verwirrt aus, woraufhin er erklärt:

>>Sanders kam gestern zu mir, kurz nach dem du weg warst, und fragte mich, ob ich ein bisschen Hilfe gebrauchen könnte. Ich sagte ja, und er deutete an, er habe da einen Problemfall, dem die Arbeit hier vielleicht gut täte, und ich stimmte zu. Tja, ich wusste ja nicht, dass du der Problemfall bist. Scheinst doch eigentlich 'ne ganz Nette zu sein.<<

Ich ziehe die Augenbrauen hoch und sehe ihn schulterzuckend an. *Was meint Sanders denn mit Problemfall, so problematisch bin ich doch gar nicht.*

Patrick winkt mich zu einem riesigen Stapel Bücher und drückt mir einen Stempel und ein Stempelkissen in die Hand.

>>Die müssen alle gestempelt werden. Und wenn du damit fertig bist, müssen sie einsortiert werden. Ich denke nicht, dass ich da viel erklären muss, oder? Du kennst dich ja mit Büchern aus.<<

Er grinst, und ich nicke. Dann verschwindet er wieder hinter den Regalen, und ich mache mich an die Arbeit.

Die Monate vergehen ohne größere Zwischenfälle. Sanders hat offensichtlich recht, in der Bücherei scheine ich wirklich gut aufgehoben zu sein. Aber ich kann nicht immer dort sein, und so kommt es, natürlich, auch wieder zum nächsten Ärger.

Ende November

Der Tag fängt eigentlich ganz harmlos an. Seit einigen Tagen habe ich Magenbeschwerden, und ein Wärter bringt mich auf die Krankenstation. Der Arzt gibt ihm Medikamente für mich mit, und wir treten den Rückweg an. Als wir allein auf einem Gang sind, wird er aufdringlich. Er fängt an, mich zu begrabschen. Zuerst versuche ich, ihn nur mit Worten abzuweisen. Als er darauf nicht reagiert, sondern noch aufdringlicher wird, schubse ich ihn von mir weg und brülle:

>>Fass mich ja nicht noch mal an, du Widerling!<<

Er versucht, mich an meinem Arm an sich zu ziehen. Ich weiß mir nicht anders zu helfen und trete nach ihm. Und wie könnte es anders sein, just zu diesem Zeitpunkt kommt natürlich Hutchins um die Ecke. Sie kommt dem Wärter natürlich gleich zur Hilfe. Sie drücken mich zu zweit mit dem Gesicht zur Wand und ziehen mir Handschellen an.

>>Ich hab dir gesagt, keinen Fehltritt.<<

Hutchins nimmt mich am Arm und zieht mich den Gang entlang, bis wir bei Sanders Büro ankommen. Wir betreten das Büro, und Sanders lässt sich von Hutchins berichten, was vorgefallen ist. Natürlich habe ich mich aus unerklärbaren Gründen gegen die Anweisungen des Wärters gewehrt. Warum, wird natürlich nicht erwähnt.

Sanders sieht mich einen Moment an und bittet dann darum, allein mit mir zu sprechen. Hutchins und ihr Kollege verlassen das Zimmer.

Sanders lehnt sich in seinem Bürosessel zurück und macht eine kleine Pause bevor er spricht:

>>Ich habe mich schon gefragt, wie lange es noch dauert, bis dein Temperament dir einen Strich durch die Rechnung macht. Was muss ich eigentlich noch mit dir machen, um deine Aggressivität, in den Griff zu bekommen? Vielleicht hilft dir ein erneuter Aufenthalt in Abgeschiedenheit, die Kontrolle über dein ungestümes Gemüt zurück zu erlangen.<<

Oh nicht schon wieder, ich verdrehe die Augen und schüttle meinen Kopf.

>>Eine Woche.<<

Sagt Sanders, dem meine Reaktion gar nicht passt. Ich sehe ihn an.

>>Sir, das ist wirklich nicht nötig. Ich habe mich sehr wohl unter Kontrolle.<<

>>Zwei Wochen. Ich pflege meine Entscheidungen nicht mit Häftlingen zu diskutieren.<<

Er lehnt sich nach vorn, stützt seine Ellenbogen auf den Schreibtisch und sieht mich an.

>>Dürfte ich wenigstens erklären, was vorgefallen ist? Sir.<<

>>Drei Wochen. Das weiß ich bereits.<<

>>Bei allem Respekt, Sir, das wissen sie nicht!<<

Sage ich in einem lauten, bestimmten Ton.

>>Vier Wochen. An deiner Stelle würde ich aufhören.<<

>>Er hat mich begrabscht! Ich bin vielleicht nur ein Häftling hier, aber ich denke nicht, das ich mich begrabschen lassen muss. Ein paar Rechte werde ja auch ich noch haben.<<

In meiner Wut werde ich immer lauter.

>>Fünf Wochen. Ich sehe, wie gut du dich unter Kontrolle hast.<<

Ich sehe ihn an:

>>Hören sie mir eigentlich zu?<<

>>Sechs Wochen.<<

>>Was zum Teufel hätten sie an meiner Stelle gemacht? Hätte ich mir das gefallen lassen sollen?<<

>>Sieben Wochen. Noch ein einziges Wort aus dir, und es werden zwei Monate.<<

Ich sehe ihm in die Augen und sage ganz ruhig: >>So etwas lasse ich mir nicht gefallen......Sir. Ich bin kein Freiwild für ihre Wärter.<< Er zieht seine Augen zu kleinen Schlitzen zusammen und ruft Hutchins.

>>Miss Norris hat sich soeben, zwei Monate Isolationshaft eingebrockt. Aber bevor sie dort ihr Quartier bezieht, bringen sie sie bitte in eine Beobachtungszelle, sagen wir, für 48 Stunden. Nur bis sich ihr Gemüt beruhigt hat. Ich möchte keine Wiederholung vom letzten mal.<< Er wendet sich wieder seinen Papieren zu und beendet somit das Gespräch. Hutchins nimmt mich am Arm und führt mich aus dem Büro. Als wir den Raum verlassen, höre ich Sanders murmeln:

>>Verdammter Dickschädel.<<

Wir kommen an den Beobachtungszellen an, sie schließt die Tür zu einer auf, und ich betrete die Zelle. Die Tür schließt sich wieder und die Handschellen werden abgenommen.

Ich sehe mich um. Die Zelle ist ungefähr vier qm groß. Es gibt ein Bett und eine Toilette, sonst nichts. Zu dem Raum hin, wo ein Wärter einen Schreibtisch hat, ist eine Glasscheibe neben der Tür. Sie reicht von der Decke bis zum Boden, und erlaubt dem Wachhabenden Wärter einen permanenten Einblick.

Na, jetzt will er's aber wissen, denke ich mir. *Ich und meine große Klappe.* Aber ich bereue es nicht, mich gewehrt zu haben, auch nicht, wenn er mich sechs Monate hier drin einsperrt. Ich habe mir wirklich Mühe gegeben, mich im Zaum zu halten. Aber zuviel ist zuviel. Grabschende

Wärter kriegen eins auf die Mütze. Egal mit welcher Konsequenz.

Ich setze mich auf das Bett und lehne mich an die Wand. Der Wärter am Schreibtisch beobachtet mich, ich lächle ihn an und winke ihm zu. Ich weiß gar nicht, was Sanders will. In Anbetracht meiner Situation habe ich mich doch sogar sehr gut im Griff.

Nach 24 Stunden sieht die Sache allerdings schon etwas anders aus. In der kleinen Zelle bekomme ich langsam Platzangst, und in meinen Gedanken kommt mir die 28 vor wie eine Luxussuite. Ich will einfach nur noch raus aus dieser Enge und nicht mehr permanent beobachtet werden. Als Sanders dann den Raum vor der Zelle betritt, sehe ich mit einem giftigen Blick zu ihm rüber. Er geht zu dem Wärter und fragt ihn:

>>Wie verhält sie sich?<<

Der Wärter zuckt mit den Schultern und sieht zu mir rüber.

>>Sie ist vollkommen ruhig, Sir. Hab keinerlei Probleme mit ihr. Ich denke nicht, dass sie unter Beobachtung stehen muss.<<

Sanders reibt sich über sein Kinn, und kommt auf die Zelle zu. Er bleibt vor dem Fenster stehen und sieht nachdenklich zu mir rein. Unsere Blicke treffen sich, und wir sehen uns gegenseitig in die Augen. Eigentlich ist er ein sympathischer Mann. Mit seinen graumelierten Haaren hat er etwas Würdevolles. Er mag ja auch vielleicht ein ganz netter Mensch sein, aber in seinem Job ist er gnadenlos, und das bekomme ich schon wieder zu spüren.

Der Wärter spricht Sanders von hinten an:
>>Wollen sie die Anweisung ändern, Sir?<<
Mir noch in die Augen sehend antwortet er
langsam:
>>Nein.<<
Dann dreht er sich zu dem Wärter um.
>>Nein, ich denke nicht. Sie bleibt noch 24
Stunden hier.<<
Dann sieht er wieder zu mir.
>>Ich traue ihr nicht.<<
Er nimmt sich Papiere von dem Schreibtisch
runter und sieht sie sich an. Dann verlässt er den
Raum. Der Wärter sieht zu mir rüber, zuckt
nochmals mit den Schultern und bedauert:
>>Sorry, ich hab's versucht.<<
Stöhnend lege ich den Kopf in den Nacken und
sehe zur Decke hoch. Ich frage mich, wer hier
sturer ist. Sanders oder ich?
Quälende Langeweile plagt mich, und ich stehe
auf und mache einen Schritt an die Glasscheibe.
Der Wärter sitzt an seinem Schreibtisch und
raucht eine Zigarette, sehnsüchtig beobachte ich
ihn dabei. Er bemerkt meinen Blick und sieht zu
mir auf. Er schüttelt seinen Kopf und meint:
>>Oh nein! Wenn wir erwischt werden, kriege ich
riesigen Ärger, und du auch. Ich denke, davon
hast du auch so schon mehr als genug.<<
Ich lehne meinen Kopf zur Seite und falte bittend
meine Hände. Er sieht auf die Schachtel
Zigaretten und dann wieder zu mir rüber:
>>Na schön, aber wirf sie sofort ins Klo, wenn
jemand reinkommt. Egal, wer es ist.
Versprochen?<<

Ich nicke eifrig. Er zündet eine Zigarette an und reicht sie mir durch die Klappe in der Tür. Genüsslich mache ich einen langen Zug.

>>Oh Gott, tut das gut.<<

Ich sehe lächelnd zu dem Wärter, und er lacht kopfschüttelnd:

>>Genieße sie, das Risiko gehe ich nur einmal ein.<<

Ich habe Glück, es kommt niemand rein, und ich kann die Zigarette ganz rauchen. Dann wird es wieder langweilig. Ich setze mich wieder auf mein Bett, und sitze die restlichen Stunden im wahrsten Sinne des Wortes ab.

Am nächsten Tag kommt eine Wärterin und holt mich ab. Wir treten den Weg zur Isolationshaft an, und ich werde wieder in die 28 gesperrt. Ich bin sogar froh darüber, wieder hier zu sein, immerhin sind acht qm besser als vier.

Nach einer Weile öffnet sich das Beobachtungsfenster, und ein vertrautes Gesicht sieht zu mir rein.

>>Tracy? Oh nein! Was zum Teufel machst du denn schon wieder hier? Mit wem hast du dich denn jetzt angelegt?<<

Vorwurfsvoll sieht sie mich an. Ich stehe auf und gehe zur Tür. Mit ein Paar kurzen Sätzen erkläre ich ihr, was passiert war. Sie sieht mich eine Weile an, und mit einem tiefen Seufzer sagt sie:

>>Es ist aber auch zum Verzweifeln mit dir. Wie kannst du dich denn nur mit Sanders anlegen. Es hätte dir doch klar sein müssen, dass du da ganz gewaltig den Kürzeren ziehst. Lernst du denn nie, im richtigen Moment die Klappe zu halten?<<

Betroffen senke ich meinen Kopf und schiele Sarah von unten an.

>>Ich mein das doch nicht böse, Tracy. Aber du musst unbedingt lernen, dein Temperament und vor allem dein Mundwerk zu zügeln, du kommst sonst noch in Teufels Küche. Verdammt, mein Hund lernt ja aus Strafe schneller als du. Hör mit diesem Kräftemessen mit Sanders auf, du wirst verlieren. Ist es denn so schwer für dich, klein bei zu geben und dich zu fügen? Dir wird hier nichts anderes übrig bleiben. Ich meine natürlich nicht, das du dich bedrängen lassen sollst, aber es hätte bestimmt eine bessere Lösung gegeben, als dich danach auch noch mit Sanders auf ein Wortgefecht einzulassen. Oder nicht?<<

>>Ja, da hast du wohl recht. Ich hätte nach seinem ersten Warnschuss die Klappe halten sollen. Aber ich war gerade so in Fahrt. Es war einfach so ungerecht, es hat ihn überhaupt nicht interessiert, was wirklich passiert ist. Er hat diesem Wärter einfach geglaubt. Warum glaubt mir eigentlich nie jemand etwas? Hab ich denn so ein unehrliches Gesicht?<<

Ich sehe sie fragend an.

>>Ach, ich weiß auch nicht, Tracy. Aber versprich mir, dass du nicht wieder ausflippst, O.K.?<<

Ich nicke:

>>Keine Angst Sarah, Ich hab mich im Griff. Ich hab schon so viel Zeit hier drin verbracht, da schaff ich diese zwei Monate auch noch.<<

Sie sieht mich noch mal prüfend an, und schiebt mir dann mein Abendessen auf die Ablage.

>>Na gut. Ich hoffe es. Ich will mir nicht wieder so viel Sorgen um dich machen müssen.<<

Sie lacht mich an und schließt die Klappen. Ich nehme das Tablett mit auf mein Bett und esse.

Hey! Das schmeckt ja heute richtig gut! Und als Sarah das Tablett wieder abholt, frage ich sie:

>>Du, das hat ja heute richtig gut geschmeckt. Was haben die gemacht, etwas von auswärts bestellt?<<

Sarah fängt an zu lachen und antwortet:

>>Nein, aber du wirst es nicht glauben. Bei uns sitzt seit ein paar Tagen ein Chefkoch, ich glaub wegen Betrugs und Unterschlagung, oder irgend so etwas. Den haben sie zum Küchendienst verknackt. Du kannst dich also darauf freuen, dass das Essen in Zukunft etwas besser wird.<<

Ich sehe sie ungläubig an, und als sie nachdrücklich nickt, muss auch ich lachen. Das nenne ich Ironie des Schicksals.

Der Abend vergeht, und ich sitze mal wieder auf meinem Bett und starre die Wände an. Das Fenster öffnet sich, und Sarah schaut herein.

>>Ist bei dir auch wirklich alles in Ordnung? Ich mache mir doch ein wenig Sorgen.<<

Ich sehe zu ihr rüber und grinse:

>>Oh, mir geht's blendend. Ich hab mir gerade ein gutes Video eingelegt, und 'ne Flasche Bier aufgemacht. Come in and join the Party! Ach ja, du könntest noch ein paar Chips mitbringen.<<

Stirnrunzelnd sieht sie mich an, dann muss sie lachen.

>>Scherzkeks! In einer halben Stunde geht das Licht aus, gute Nacht.<<

Sie wirft noch mal einen prüfenden Blick auf mich, dann schließt sie das Fenster. Ich lehne mich zurück und denke mir sehnsüchtig: *Fernsehen, Bier und Chips, das wär mal was.* Wie oft habe ich früher gejammert, dass mir langweilig ist. Aber erst jetzt begreife ich die wahre Bedeutung dieses Wortes. Im Moment würde ich sogar meine Seele verkaufen, wenn ich auch nur ein Radio hätte.

Die Tage vergehen, und eines Nachmittags höre ich vor meiner Zellentür Sanders Stimme:

>>Und das hier sind unsere Isolationszellen. Hier können Häftlinge zwischen 24 Stunden und 10 Tagen untergebracht werden, die entweder nicht in der Lage sind, sich in die Gemeinschaft einzugliedern, die aggressiv sind oder aus disziplinarischen Gründen, also zur Bestrafung bei Verstößen gegen die Vorschriften.<<

MOMENT! Wie war das 24 Stunden bis 10 Tage?

Ich zähle an meinen Fingern ab, wie viele Wochen an einem Stück, ich schon hier drin verbracht habe. Ich glaube, der gute Sanders, hält sich auch nicht so ganz an die Vorschriften. Aber irgendwie wundert mich auch das nicht mehr sonderlich. Ich sehe auf, als ich höre, dass das Fenster aufgemacht wird. Sanders sieht zu mir in die Zelle, dann verschwindet sein Gesicht wieder und ich höre ihn sagen.

>>Hier haben wir zum Beispiel eine Gefangene, die zum wiederholten male in der Isolation sitzt, da es mit ihr immer wieder zu Problemen kommt.<<

Dann höre ich eine Frauenstimme fragen:

>>Und wofür ist die Frau inhaftiert?<<

>>Wegen schwerer Körperverletzung, unter anderem.<<

Kommt die Antwort von Sanders. *Mit wem zum Teufel redet der da,* denke ich mir gerade, da erscheint auch schon ein Gesicht am Fenster, und sieht neugierig in die Zelle. Und das geht so weiter bis ca. dreizehn oder vierzehn junge Männer und Frauen ihre Nase durch das Fenster gesteckt haben. Ich sitze auf meinem Bett und beobachte das ganze Schauspiel ungläubig. *Also, wo sind wir denn hier? Ich bin doch keine Laborratte, die man begaffen kann. Und im Zoo sind wir auch nicht. Was soll ich jetzt machen, warten bis sie mir Erdnüsse zuwerfen?* Das Fenster wird wieder geschlossen, und ich höre die Frauenstimme sagen.

>>Die ist doch gerade mal so alt wie ich.<<

Ich starre das Fenster immer noch an. Schockiert schüttle ich meinen Kopf, seit wann kann man durch ein Gefängnis eine Anschauungstour machen? Das war ja richtig peinlich. Aber ich bin mir sicher, dass Sanders es in vollen Zügen genossen hat, mich vorzuführen wie einen bissigen Hund.

>>Wofür ist sie denn inhaftiert?<<

Äffe ich die Frau nach, und denke mir, *na, bestimmt nicht weil ich so dämliche Fragen stelle.* Ein gewisser Neid kommt in mir hoch. Ich bin mir sicher, das sie ein schöneres Leben hat als ich. Ich sehe mich in der Zelle um. *Kunststück!*

Die Klappe öffnet sich, und das Abendessen wird auf die Ablage geschoben, dann geht das Fenster auf und Sarah schaut zu mir rein.

>>Hi, Tracy! Na, wie war dein Nachmittag?<<

Genervt sehe ich sie an, als ich das Essen von der Ablage nehme.

>>Oh, klasse, Sarah! Lass mich mal nachdenken: Ich hab rumgesessen, mich gelangweilt, und noch ein bisschen rumgesessen und mich noch ein bisschen gelangweilt. Geduscht und meine Runde im Hof gedreht. Ach ja, das absolute Hilight wollen wir nicht vergessen. Ich bin von einem Haufen Yuppies, begafft worden wie ein Affe im Zoo. Und Sanders hat es obendrein noch genossen und ein bisschen Salz auf die Wunde gestreut.<<

Sarah sieht mich an:

>>Oh je. Er lässt aber auch nichts aus, um dir das Leben schwer zu machen. Ich würde ihn an deiner Stelle nicht mehr reizen. Wer weiß, was er sich sonst noch alles einfallen lässt.<<

Ich lache sie an:

>>Ich bin mir sicher, dass er noch ein paar Schikanen auf Lager hat, und ich bin mir auch sicher das ich noch alle kennenlerne. Auch wenn ich ihn nicht mehr reize.<<

Sarah nickt zustimmend und schließt die Klappen.

Dann, nach einem Monat, die Überraschung: Es ist Sonntag, und Sarah kommt an das Fenster.

>>Hey Tracy! Komm vor, du hast Besuch!<<

Mit großen Augen sehe ich sie an:

>>Wie, ich hab Besuch? Ich denke, das darf ich nicht, während ich in Isolation sitze?<<

>>Stimmt auch, aber Sanders hat es für heute genehmigt. Entweder er hat heute einen besonderst guten Tag, oder deine Freunde haben mächtig Druck gemacht. Wie auch immer, genieße es einfach.<<

Sie legt mir Handschellen an, und bringt mich zu einem Raum, wo Cathy, Tom und Bryan schon warten. Durch eine Glasscheibe kann ich sie sehen. Sie schließt die Tür auf und ich betrete den Raum. Ich lache die drei verlegen an, während die Handschellen durch die Klappe in der Tür abgenommen werden. Gott ist mir das Peinlich, gerade vor Tom!

Er kommt auf mich zu und umarmt mich:

>>Hallo Kleines, sag mal, was ist denn hier los? Man könnte ja meinen, dass wir einen Schwerverbrecher besuchen.<<

Ich löse mich aus seiner Umarmung und begrüße auch Cathy und Bryan, wir setzen uns an den Tisch, und erzähle, was alles passiert ist.

Dann erzählt Tom:

>>Wir sind heute gekommen, und man teilte uns mit, das wir dich immer noch nicht sehen dürfen. Uns kam das langsam komisch vor, also bestanden wir darauf, zu dir zu dürfen, sonst würden wir einen Rechtsanwalt einschalten, und siehe da, auf einmal ging es. Die halten sich hier auch an keine Vorschriften. Ich hoffe du bekommst jetzt keinen Ärger, aber da kann man ja nicht mehr zusehen.<<

Dann ergreift Bryan das Wort:

>>Wie schaffst du es aber auch immer wieder, in solche Situationen zu geraten? Du bist aber auch ein Dickschädel. Es gibt zwei Sorten von

Menschen: Die, mit denen man sich anlegen kann, und die, mit denen man sich nicht anlegen sollte. Gefängnisdirektoren, liebe Tracy, fallen eindeutig in die letzte Kategorie, zumindest wenn man im Gefängnis sitzt.<<

Wir alle sehen ihn überrascht an, eine Standpauke von Bryan, das hat Seltenheitswert. Er gehört nämlich zu der Sorte Mensch, der höchst selten überhaupt etwas sagt.

Sogleich zuckt er mit den Schultern und sagt schnell:

>>Na ja, ich mein ja nur.<<

Mit einem Blick zu mir prüft er, ob ich ihm böse bin. Ich lege meine Hand auf seine und beruhige ihn:

>>Ist schon richtig. Du hast ja recht. Ich weiß, dass ich mir das zu einem Teil auch selbst eingebrockt hab. Ich kann ja wirklich meine Klappe nicht halten. Aber bei Ungerechtigkeiten, platzt es halt immer aus mir heraus. Ich glaube, das werde ich nie unter Kontrolle bringen, egal was sie hier mit mir machen.<<

Cathy sieht mich an:

>>Kannst du es nicht wenigstens versuchen? Ich kann nachts schon nicht mehr schlafen, aus lauter Sorge, was du jetzt wieder für Schwierigkeiten hast.<<

Ich sehe in drei vorwurfsvolle Gesichter und bekomme ein schlechtes Gewissen. Betroffen sehe ich auf den Tisch und weiß nicht was ich sagen soll. Ich weiß ja, dass sie recht haben, und ich könnte mir ja auch selber in den Hintern treten. Aber ich habe noch nie daran gedacht, dass ich nicht die einzige bin, die unter den

Konsequenzen dessen, was ich mir hier so einbrocke, zu leiden hat.

Tom bemerkt meine Betroffenheit und rutscht mit seinem Stuhl zu mir. Er legt den Arm um mich und sagt:

>>Na komm, ist ja gut. Wir wollen dir ja nicht auch noch zusetzen. Ich glaube, darin leisten sie hier schon ganze Arbeit.<<

Mit Tränen in den Augen sehe ich zu ihm auf, und er lacht mich aufmunternd an. Und als ich Bryans niedergeschlagenes Gesicht sehe, zwänge auch ich mir ein Lachen auf die Lippen. Er hat es nicht böse gemeint und wollte mich bestimmt auch nicht verletzen, das weiß ich ja.

Cathy ändert schnell das Thema, und von erzählt den Pferden. Sichtlich froh über diese Idee lenken alle ein, und ich bekomme berichtet, das mein Hengst Shadow über den Zaun, zu den Stuten gesprungen ist, und dass es jetzt ein Fohlen von Cathys Stute Fancy gibt.

>>Oh nein, jetzt hast du auch noch Scherereien mit den Pferden.<<

Ich lege meine Hand über die Augen und stütze meinen Ellenbogen auf den Tisch.

>>Ach ist halb so wild, ich wollte sie sowieso decken lassen. Und Shadow ist doch ein strammer, gesunder Bursche, das Fohlen wird bestimmt schön.<<

Sie winkt ab und lacht. Bryan grinst breit und schlägt vor:

>>Ja, und wenn es da ist, machen wir eine große Feier zur Taufe, und wisst ihr, wie wir es nennen?<<

Wir alle schütteln den Kopf und sehen ihn fragend an.

>>Na, Freedom.<<

Er sieht in die Runde, als ob das doch selbstverständlich sei. Cathy und Tom machen lautstark ihrer Begeisterung Luft, und ich sehe Bryan an. Er erwidert meinen Blick und ich lächle ihm ein stilles Danke zu. Das ist wirklich eine zauberhafte Idee.

Wie immer geht die Besuchszeit viel zu schnell vorbei, und Sarah taucht vor der Glasscheibe auf und signalisiert mir, dass ich mich verabschieden soll.

Mit einem Ruck bin ich wieder in der unschönen Realität, und quäle mich durch den Abschied durch. Diesmal fällt es mir besonderst schwer, weiß ich doch, das jetzt noch ein langer Monat in der Isolation auf mich zukommt.

Nach dem Abschied, drehe ich mich zur Tür, und ich kann durch die Scheibe sehen, wie Sarah die Handschellen von ihrem Gürtel abmacht. Sie sieht zu mir rein und ich sehe bittend zu ihr zurück. Ich schiele unauffällig in die Richtung meiner Freunde, Sarah sieht mit einem Seufzer auf die Handschellen und dann zurück zu mir. Sie überlegt eine Sekunde, dann sieht sie den Gang rauf und runter. Sie wirft mir einen ,Na gut' Blick zu und schließt die Tür auf. Ich trete aus dem Raum zu ihr, und bevor wir gehen, sagt sie noch zu den anderen:

>>Warten sie bitte hier. Eine Kollegin wird sie gleich hinaus begleiten. Ich werfe Tom noch schnell einen letzten Blick zu, dann schiebt mich Sarah den Gang runter. Als wir ein Stück, an der

Glasscheibe vorbei sind, bleibt sie stehen und meint:

>>Oh Tracy, wegen dir komme ich auch noch in Teufels Küche. Wenn wir erwischt werden, zieht Sanders, uns beiden das Fell über die Ohren.<<

Hastig nimmt sie die Handschellen und legt sie mir an. Sichtlich erleichtert darüber, das, uns keiner gesehen hat, nimmt sie mich am Arm und führt mich zurück in meine Zelle. Bevor sie die Tür schließt, sieht sie mich an:

>>Wer von den beiden war denn Tom?<<

Ich schiele sie grinsend an:

>>Der große mit den braunen Haaren, warum?<<

Sie grinst zurück und meint:

>>Nicht schlecht, dein Tom. Bist du dir sicher, dass er nicht dein Freund ist?<<

>>Ja, ich bin mir sicher. Was sollte wohl so ein toller Mann von mir wollen?<<

Sarah zuckt mit den Schultern:

>>Warum nicht, du bist doch eine hübsche junge Frau, die....<<

>>Die rein zufällig im Gefängnis sitzt.<<

Beende ich ihren Satz. Sie gibt mir einen leichten Klaps auf den Arm.

>>Hey, das wollte ich aber nicht sagen. Sei doch nicht immer so negativ.<<

Ich drehe meinen Kopf in Richtung der Zelle, und schiele sie dann wieder an.

>>Na gut. Vielleicht hast du ja einen Grund negativ zu sein. Glaub mir, es macht mir keinen Spaß, dich hier einzusperren. Aber es ist halt nun mal mein Job.<<

Ich sehe sie an:

>>Ich weiß, Sarah. Und glaub mir, wenn ich schon eingesperrt werde, dann am liebsten von dir.<<

Ich fange an über mich selbst zu lachen, und auch Sarah lacht kopfschüttelnd. Ich gehe in die Zelle, und Sarah schließt die Tür ab. Sie nimmt mir die Handschellen ab, und ich höre sie lachend den Flur hinunter gehen.

Anfang Februar

Die Zeit verstreicht weiter, und auch der zweite Monat der Isolationshaft vergeht. Zum dritten mal ziehe ich zu Gina in die Zelle um. Als die Tür sich schließt, sieht Sarah mich an und holt Luft, um etwas zu sagen. Für einen Moment hält sie die Luft an, dann lässt sie sie, mit einem Seufzer, wieder entweichen. Sie winkt ab:
>>Ach, hat ja doch keinen Wert. Ich sag's nicht.<<
Sie winkt kurz und geht.
Und wie könnte es auch anders sein, taucht natürlich prompt Hutchins vor der Zelle auf.
>>Na, Norris? Wie hat dir dein kleiner Urlaub geschmeckt? Bist du jetzt endlich etwas gefügiger? Ich rate es dir zumindest.<<
Sie grinst blöd und geht weiter. Ich sehe ihr hinterher und denke mir, *gefügiger, allein für dieses Wort könnte ich sie erwürgen. Aber ich werde ihr nicht noch mal den Gefallen tun und einen Ausrutscher haben. Soll sie halt denken, sie hätte mich kleingekriegt.* Ich beschließe, ab jetzt mein Temperament unter Kontrolle zu halten, egal was passiert. Und als ich mich so auf

mein Bett setze, schleicht sich ein Gedanke durch meinen Kopf: *Na, ob das gut geht?*

Mein schöner Job in der Bücherei ist natürlich hin, und ich finde mich in der Wäscherei vor einem Bügelbrett wieder. Der einzige Lichtblick ist die Tatsache, dass weit und breit keine Donna in Sicht ist. Wer weiß, was sie mit ihr gemacht haben. Ist mir auch egal. Gut die Hälfte meiner Zeit hab ich jetzt rum, und den Rest schaff ich auch noch.

Ein paar Monate lang schaffe ich es auch tatsächlich, mein unseliges Mundwerk unter Verschluss zu halten. Aber wer glaubt, dass das auf die Dauer gut gehen würde, der täuscht sich gewaltig.

Mitte Juli

Einen Samstagnachmittag befinde ich mich mal wieder auf dem Weg zurück von der Bücherei. Eine der anderen Insassinnen kommt auf mich zu und bleibt vor mir stehen.

>>Na, sieh einer an. Die Leseratte hat sich mal wieder Bücher geholt. Was gibt's denn heute schönes zu lesen?<<

Sie greift nach den Büchern und will sie mir aus der Hand nehmen. *Nur ruhig, Tracy*, denk ich mir und wehre sie mit einer ruhigen Handbewegung ab.

>>Ach komm gib, doch mal her.<<

Sie hebt ihre Hand und gibt mir einen Schubs, während sie noch hinzufügt:

>>Ich will doch nur mal sehen, über was du heute meinst, dich schlau machen zu müssen.<<

Ich spüre, wie langsam die Wut in mir hochkommt, und dann bricht es aus mir heraus.

>>Weißt du, vielleicht solltest du auch mal gelegentlich in ein Buch sehen. Das würde eventuell deinen IQ verbessern.<<

Langsam und ganz deutlich sprechend, füge ich noch hinzu:

>>Weißt du, was ein IQ ist?<<

Provozierend sehe ich sie an. Ihr Gesicht wird rot vor Wut, und sie macht einen Schritt auf mich zu. Doch bevor es zu mehr kommt, höre ich hinter mir ein Räuspern. Meine Kontrahentin sieht auf, und macht sich schnell aus dem Staub. Dämlich wie ich bin, bleibe ich natürlich stehen, und drehe mich in die Richtung, aus der das Räuspern kam. Und wen erblicke ich? Direktor Sanders. *Au Backe, mein erster Ausrutscher seit Monaten, und natürlich steht der hinter mir,* schießt es mir durch den Kopf. Er schüttelt den Kopf und sieht mich an.

>>Miss Norris. Hat ihnen schon mal jemand gesagt, das sie mit einem unglaublichen Mundwerk gesegnet sind? Wenn man da von einem Segen reden kann.<<

Ja, da gibt es den ein oder anderen, denke ich mir und beiß mir auf die Zunge. Das wollte eigentlich durch den Mund gehen. Er sieht mich erwartungsvoll an, und als er merkt, das von mir kein Kommentar kommt, meint er:

>>Kein frecher Spruch? Keine Wiederrede? Miss Norris sie überraschen mich.<<

Er dreht sich um und sagt, während er geht:
>>Sie ist ja doch lernfähig.<<

Und ich bilde mir ein, das ich etwas Enttäuschung in seiner Stimme höre.

Wider Erwarten vergehen die restlichen Monate meiner Strafe relativ ruhig, und das Ende meiner Haft rückt ohne größere Zwischenfälle immer näher.
Allerdings ziehen sich diese neun Monate noch schlimmer als die bisherigen 21.
Der Tagesablauf ist jeden Tag derselbe, und die einzigen Lichtblicke sind die Sonntage wenn Cathy, Bryan und Tom zum Besuchstag kommen.
Ich bin jedes Mal aufs Neue gerührt darüber, wie eisern die drei jeden Sonntag zwei Stunden Autofahrt hin und zwei zurück, in Kauf nehmen, um mich zu besuchen und mir Mut zuzureden. Und das weit über zwei Jahre lang.
Wenn auch nur ein Funken Gutes aus dieser ganzen schrecklichen Sache entstanden ist, dann ist es der unumstößliche Beweis für tiefste Freundschaft. Und das wiederum macht mich zu einem Menschen mit viel Glück, auch wenn wir alle schon lange vor diesem Unglück gute Freunde waren. So zeigt sich wahre Freundschaft doch erst, wenn sie gefordert wird.

Anfang April

Ich liege wach auf meinem Bett und starre die Decke an. Dies ist meine letzte Nacht im Gefängnis, und ich kann vor Aufregung kein Auge zumachen. In meinen Gedanken male ich mir alles mögliche aus, was ich machen will, wenn ich nach Hause komme. Ich freue mich so darauf, bei meinen Freunden zu sein und bei ihnen bleiben zu können. Meine Pferde; ich will sie umarmen und nie wieder loslassen. Und auf die Autofahrt freue ich mich! Ich fühle mich wie ein kleines Kind, das den Weihnachtstag nicht erwarten kann, nur noch viel aufgeregter. Und ich schwöre mir, dass ich nie wieder an einem Feiertag alleine sein will. Irgendwann falle ich dann doch in einen erschöpften unruhigen Schlaf.

Dann endlich ist der langersehnte Tag gekommen. Heute werde ich entlassen. Endlich darf ich nach hause und raus aus diesem Höllenloch. Meine private Kleidung habe ich schon gebracht bekommen, und angezogen. Nervös kaue ich an meinen Fingernägeln, und laufe in der Zelle auf und ab. Von Gina habe ich mich schon heute morgen, bevor sie zum Arbeitsdienst gegangen ist, verabschiedet.

Jedesmal, wenn eine Wärterin vorbeikommt, sehe ich ungeduldig durch die Gitterstäbe. *Wie lange brauchen die denn für die Formalitäten*, denke ich mir und laufe wieder hin und her.

Dann erscheint ein bekanntes Gesicht vor der Zelle, und ich laufe freudig zur Tür.

>>Hey, Mädchen, heute ist dein großer Tag, hab ich gehört. Und ich wollte mich doch wenigstens von dir verabschieden.<<

Ich lehne mich gegen das Gitter und sehe Sarah lachend an.

>>Ich würde ja sagen, dass es mir leid tut, euch zu verlassen, aber ich glaube du weißt, dass das gelogen wäre.<<

Auch Sarah lacht, doch dann wird ihr Blick wieder ernst.

>>Hey, versprich mir, dass du auf dich aufpasst. Nicht, dass ich dich nicht mag, aber ich will dich hier nie wieder sehen, hast du das verstanden?<<

Ich schaue ihr in die Augen, ihr Blick ist ernst und fast besorgt. Auch ich werde ernst und versichere ihr:

>>Keine Angst, Sarah, ich hab meine Lektion gelernt. Ich weiß jetzt, wie schnell man wo reinrutscht, wo man nicht mehr rauskommt. Ich werde acht geben, dass mir so etwas nie wieder passiert. Und außerdem möchte ich mich noch bei dir bedanken. Für deine Hilfe und dafür, dass du so nett zu mir warst. Ich glaube, nein, ich weiß, dass es mir ohne dich hier drin dreckiger gegangen wäre.<<

Sie schüttelt den Kopf:

>>Ist schon O.K., das hab ich gern gemacht. Du bist eigentlich ein guter Kerl, und mit Sicherheit keine Kriminelle, ich wollte nicht, dass sie hier drin eine aus dir machen. Hast du denn etwas, wo du unterkommst?<<

Ich nicke:

>>Ja, ich kann bei meiner Freundin wohnen. Sie hat eine Farm und genug Platz für mich. Meine Pferde sind ja schon dort. Ich freue mich darauf, sie endlich zu sehen.<<

>>Na dann bin ich ja beruhigt, ich wünsch dir viel Glück, und wie gesagt, pass gut auf dich auf.<<

Sie greift durch das Gitter, und drückt meine Hand, dann winkt sie kurz und geht. Ich schaue ihr noch einen Moment nach, dann werde ich gerufen.

>>Norris, bist du soweit?<<

Ich drehe meinen Kopf in die Richtung, aus der die Stimme kommt. *Ob ich soweit bin? Ist das ihr Ernst? Die macht wohl Scherze! Noch nie in meinem Leben war ich bereiter gewesen als jetzt. Los, macht endlich diese verdammte Tür auf.*

Die Wärterin kommt an meine Zelle und ruft:

>>Die 139 öffnen!<<

Die Tür öffnet sich, und ich verlasse hastig die Zelle. Die Wärterin begleitet mich durch die Gänge zur Eingangshalle, dort angekommen, bringt sie mich an den Schalter. Ein Mann kommt zu uns, und sie sagt zu ihm:

>>Norris, Tracy Ann. Wird entlassen.<<

Der Mann nickt und holt meine Akte aus der Ablage. Papiere werden mir vorgelegt, und ich unterschreibe sie. Dann bekomme ich einen braunen Umschlag ausgehändigt und sehe nach, ob all meine persönlichen Sachen darin sind, die mir bei meiner Ankunft abgenommen wurden. Sie sind alle da, und ich unterschreibe auch dafür. Dann bringt mich die Wärterin noch bis zum Gefängnistor, es öffnet sich, und sie meint:

>>O.K., Norris du bist frei, viel Glück, und lass dich hier nicht mehr blicken.<<

Ich trete vor das Tor, und es schließt sich wieder. Die Worte der Wärterin klingen mir noch mal in den Ohren: Du bist frei! Noch kann ich die Bedeutung dessen, was sie gesagt hat, gar nicht erfassen. Unsicher bleibe ich erst mal stehen, eine kleine Tasche und einen Umschlag in der

Hand, auf der so lang herbei gesehnten anderen Seite der Mauer.

Und was jetzt? Ich sehe mich um, aber ich kann niemanden entdecken. Ein flaues Gefühl kommt in mir hoch, hatten doch Cathy, Tom und Bryan versprochen, mich abzuholen.

Ich laufe etwas desorientiert an der Straße entlang, und sehe mich suchend um, aber nirgendwo kann ich Cathys Auto sehen. Ich drehe mich um und schaue noch mal in die andere Richtung, am Gefängnistor vorbei. Dann sehe ich ein Auto vor dem Tor stehen, und jemand steht daneben und winkt. Ich sehe genauer hin und erkenne, dass es Tom ist.

Ich renne freudestrahlend auf ihn zu. Er breitet die Arme aus, und als ich bei ihm ankomme, lasse ich Umschlag und Tasche los, und falle ihm um den Hals. Freudentränen laufen mir über das Gesicht. Tom drückt meinen Kopf an seine Schulter, und streichelt mir über das Haar:

>>Willkommen Zuhause Kleines.<<

Danach steigen auch Cathy und Bryan aus dem Wagen, und auch ihnen falle ich überglücklich um den Hals.

Cathy drückt mir einen dicken Kuss auf die Wange, und ich sehe sie lachend an:

>>Lasst uns bloß schnell hier verschwinden, bevor sie es sich anders überlegen.<<

Tom nimmt mein spärliches Gepäck und legt es in den Kofferraum. Wir steigen in das Auto und Tom wendet. Als wir an dem Gefängnis vorbeifahren, werfe ich noch mal einen Blick darauf. Die Gefühle, die ich empfinde, kann ich gar nicht alle deuten. Aber Trauer ist eins davon.

Trauer über die Zeit, die mir hier von meinem Leben geraubt wurde.

Ich muss an Sarah denken. Es ist zwar kaum zu glauben, aber ich glaube, sie wird mir fehlen.

Die Fahrt nach Hause dauert gut zwei Stunden. Je weiter wir uns vom Gefängnis entfernen, desto mehr kann ich mich entspannen. Ich sehe aus dem Fenster und genieße die Landschaft, durch die wir fahren. Wälder, Wiesen und Berge ziehen an uns vorbei und es kommt mir fast so vor, als wäre ich auf einem anderen Stern. Alles erscheint mir unwirklich, und ich frage mich, was Leute wohl empfinden, wenn sie nach 20 oder mehr Jahren aus dem Gefängnis kommen.

Wir kommen durch eine kleine Ortschaft und halten an einer roten Ampel. Auf dem Bürgersteig, vor einer Eisdiele, steht eine Gruppe junger Leute, die ausgelassen rumblödeln und lachen. Ich beobachte sie, und merke wie ein Gefühl der Eifersucht in mir hochkommt. Ich beneide sie um ihre Unbeschwertheit. Mir wird bewusst, was ich alles verpasst habe und dass ich gezwungen worden bin, schneller erwachsen zu werden als es mir lieb ist.

>>Tracy!<<

Ich schrecke aus meinen Gedanken hoch und sehe zu Tom herüber, der winkend neben mir sitzt.

>>Wie? Was? Hast du etwas gesagt?<<

meine ich, und alle lachen laut los.

Für den Rest der Fahrt versuche ich das Vergangene zu verdrängen, und am frühen

Nachmittag sind wir an Cathys Ranch angekommen.

Ich steige aus dem Auto aus, und sehe mich um. Es hat sich nicht viel verändert, und ich fühle mich gleich wie zuhause.

Als ich hoch an die Haustür komme, sehe ich ein großes Schild an der Tür hängen, auf dem steht: WILLKOMMEN ZUHAUSE, TRACY!

Ich drehe mich zu den anderen um, und sie stehen breit grinsend hinter mir. Ihrem Gesichtsausdruck entnehme ich, dass da noch mehr kommt, und als ich ins Haus komme und in mein Zimmer gehe, wird meine Vermutung bestätigt. Das Zimmer ist mit bunten Bändern und Luftballons geschmückt. Cathy hat ein wunderschönes Bild meiner Pferde auf mein Nachttischschränkchen gestellt, und auch sonst ist alles schön zurecht gemacht.

Dann fällt es mir ein. Meine Pferde! Ich muss doch Shadow und Eagle begrüßen. Ich laufe nach draußen, um das Haus herum, zur Koppel.

Da die Koppel sehr groß ist, muss ich nach den Pferden pfeifen. Nach dem dritten Versuch, kann ich sie dann kommen hören. Im gestreckten Galopp kommen sie über den Hügel geschossen. Erdbrocken fliegen, von den Hufen aufgewirbelt, durch die Luft. Und ihre Köpfe sind stolz erhoben.

Oh, wie habe ich diesen Anblick vermisst. Ich klettere über den Koppelzaun und laufe ihnen entgegen. Kurz vor mir machen sie eine Vollbremsung, und kommen die letzten Schritte langsam auf mich zu. Ich strecke meine Hand aus, und lasse die beiden erst einmal schnuppern. Als sie mich erkennen, gehen sie gleich ihrer alten Angewohnheit nach, mich nach Leckerlis zu durchsuchen. Mit beiden Armen umarme ich sie und schließe die Augen.

Jetzt bin ich zuhause.

Nachdem ich die Pferde begrüßt habe, laufe ich zurück zum Zaun, wo Tom schon auf mich wartet. Die Sonne scheint mir ins Gesicht, und ich blinzle ihn an.

>>Wollen wir noch ein Stück spazieren gehen?<<

>>Gerne<<,

meint Tom, und wir laufen an der Koppel entlang, verfolgt von den Pferden, die mich nicht aus den Augen lassen.

Auf dem Rückweg sieht Tom mich von der Seite an und fragt:

>>Du Tracy, hättest du Lust heute Abend mit mir auszugehen? Natürlich nur, wenn du nicht zu fertig bist.<<

Ich sehe ihn überrascht an und meine:

>>Du willst mit mir ausgehen? Gerne! Ich würde mich sehr darüber freuen.<<

>>Schön, ich hole dich um 8:00 Uhr ab.<<

Er lächelt mich an, dann steigt er in sein Auto. Ich winke ihm nach, als er die Ausfahrt runter fährt. Als sein Auto nicht mehr zu sehen ist, laufe ich aufgeregt ins Haus.

>>Cathy! Wo steckst du?<<

>>Hier! Im Wohnzimmer!<<

höre ich ihre Antwort. Ich laufe ins Wohnzimmer und muss lachen, als ich Cathy erblicke. Sie sitzt in mitten von einem Stapel Büchern auf dem Fußboden, und ist selber genau so staubig, wie die Literaturwerke um sie herum. Als sie mich um die Ecke kommen sieht, winkt sie mir, um sicher zu gehen, dass ich sie auch entdecke.

>>Was ist denn mit dir los? Du hörst dich so aufgeregt an.<<

Ich grinse sie an:

>>Rate mal, wer mich heute Abend zum Essen ausführt.<<

Sie lacht und meint:

>>Tom will dich zum Essen ausführen, ich weiß. Als das Datum für deine Entlassung feststand, hat er gleich einen Tisch im Steakhouse reserviert. Aber verrate ja nicht, dass ich dir das gesagt habe.<<

Ich grinse sie an, und laufe in mein Zimmer. Ich geh ins Bad und drehe das Wasser an. Oh, wie ich mich auf ein langes, heißes Bad freue. Duschen ist ja schön und gut aber, nichts geht über ein entspannendes, heißes Bad, und auf das freue ich mich seit zweieinhalb Jahren. Genüsslich klettere ich in die Wanne, schließe die Augen und der sanfte Duft des Badeöls steigt mir in die Nase. Entspannt lege ich mich zurück und genieße das warme Wasser. Es ist schön, wieder in der Lage zu sein, über sich selbst bestimmen zu können.

Nach einer dreiviertel Stunde klettere ich aus der Badewanne. Ich frottiere meine Haare, und ziehe meinen Bademantel an. Er riecht frisch, und ist kuschelig weich. Cathy hat alle meine Sachen kurz vor meiner Entlassung gewaschen, da sie nach zweieinhalb Jahren, ja nicht gerade frisch waren. Ich bin froh, eine Freundin wie sie zu haben. Wenn ich bedenke, was sie alles für mich getan hat, dann muss ich ihr, bis an mein Lebensende dankbar sein. Aber auch Tom und Bryan, muss ich dankbar für ihre Freundschaft sein. Ich glaube, ohne ihre Zuwendung hätte ich das alles nicht so gut überstanden.

Inzwischen habe ich mich vor meinen Schminktisch gesetzt und angefangen, mir die Haare zu machen. Irgendwie bin ich aus der Übung, habe ich doch die letzten Jahre wenig Wert auf eine attraktive Erscheinung gelegt. Ich sehe mich im Spiegel an und verdrehe die Augen. Irgendwie kann ich meine Haare nicht unter Kontrolle bringen. Wie widerspenstiges Unkraut wehren sie sich hartnäckig, in Form gebracht zu werden. Schließlich gebe ich den Kampf auf und binde sie in einem Pferdeschwanz zusammen. Noch einmal sehe ich prüfend in den Spiegel. Na ja, überzeugen kann mich die Frisur nicht, aber da ich nicht den ganzen Abend Zeit habe, bleibt sie jetzt einfach so.

Als nächstes wäre da noch das Gesicht. Es ist blass, und dunkle Ränder haben sich unter meinen Augen eingenistet. *O.K.,* denke ich mir, *das muss zugeschmiert werden. Tom will sicher nicht mit einem Zombie ausgehen.* Ich weiß natürlich, dass er dafür Verständnis hat, aber mir ist es wichtig, gut auszusehen. Schließlich bin ich schon sehr lange nicht mehr ausgegangen, und ich freue mich darauf, endlich mal wieder unter Menschen zu kommen.

Nach ungefähr einer Stunde, bin ich dann endlich so weit, jetzt fehlt nur noch etwas Schönes zum anziehen, und dann kann's losgehen.

Ich gehe an meinen Kleiderschrank und sehe nachdenklich die Kleidungsstücke durch. Nach reichlicher Überlegung entscheide ich mich dann, für ein dunkelblaues Kleid, mit weißen Blümchen drauf. Eine weiße Strickjacke ziehe ich noch darüber, da es draußen noch recht kühl ist. Fertig.

Ich trete nochmals vor den Spiegel, und sehe mich an. Ich erinnere mich an den ersten Morgen im Gefängnis, als ich in den Spiegel sah. An die verquollenen Augen, an das Blut im Gesicht und an die Schmerzen. Damals dachte ich, ich würde das nie überleben. Die Jahre waren schier endlos gewesen. Und jetzt stehe ich hier, und wundere mich darüber, dass, das Leben so einfach weitergeht. Eigentlich hat sich nicht allzu viel verändert. Nur ich, ich habe mich verändert. Mein Gesicht hat ernstere Züge angenommen, und die seelischen Narben werden mich noch eine ganze Weile begleiten, wenn sie überhaupt jemals ganz verheilen.

Es klopft an die Zimmertür, und Cathy tritt ein. Ich wende mich vom Spiegel ab und sehe sie an. Sie bleibt vor mir stehen, und streicht mir eine Haarsträne aus dem Gesicht, die zu kurz ist, um von dem Haargummi gehalten zu werden.

>>Hübsch siehst du aus, Tom wird begeistert sein. Aber versprich mir bitte, dass du dich heute Abend nicht übernimmst. Gib dir selbst Zeit, um alles zu verarbeiten.<<

Ich sehe sie lächelnd an. Manchmal merkt man deutlich, dass sie elf Jahre älter ist als ich. Ich bin eher wie eine kleine Schwester für sie, als wie eine Freundin.

>>Ja Mama, ich komme bestimmt nicht zu spät nach Hause<<,
scherze ich und lache. Sie sieht mich stirnrunzelnd an, und ich versichere ihr:
>>Ich weiß, was du meinst. Und ich bin dir dankbar für deine Sorge. Ich werde langsam machen, versprochen.<<
Es klingelt an der Tür, und ich höre wie Tom ruft:
>>Hallo! Jemand zu Hause?<<
Wir gehen zur Eingangstür. Tom hat sich schon reingelassen, und steht mit einem großen Strauß roter Rosen im Wohnzimmer. Auch er hat sich schick gemacht, und als ich zu ihm gehe, überreicht er mir die Blumen mit einem Kuss auf die Wange
>>Du siehst wunderschön aus.<<
Ich lächle ihn an und rieche verlegen an den Rosen. Cathy kommt mir zu Hilfe und nimmt mir die Blumen aus dem Arm.
>>Ich stelle sie dir in dein Zimmer, jetzt macht schon, das ihr wegkommt.<<
Sie grinst mich an und ruft im Weggehen:
>>Viel Spaß ihr zwei!<<
Tom bietet mir seinen Arm an, und geleitet mich zum Auto. Sogar die Autotür bekomme ich geöffnet. Nach der langen Zeit der schlechten Behandlung fühle ich mich jetzt fast wie eine Prinzessin.
Die Farm von Cathy liegt ungefähr eine halbe Stunde Autofahrt von der Stadt entfernt, und ich genieße die Fahrt.
Zwischendurch schiele ich zu Tom rüber. Es ist mir zuvor nie aufgefallen, dass er ein äußerst attraktiver Mann ist. Seine braunen Augen sind

sanft und freundlich, und auch seine Größe passt gut zu mir, können doch die meisten Männer mit meinen 1,85m nicht mithalten. Aber Tom ist trotz meiner Größe noch einen Kopf größer als ich. Beim Steakhouse angekommen öffnet er wieder die Tür für mich, und ich steige aus dem Wagen. Am Empfang steht ein älterer Herr, der uns ans fragt:

>>Haben die Herrschaften reserviert?<<

Tom bejaht die Frage, und der Mann führt uns an einen Tisch für zwei Personen. Tom verhält sich auch weiterhin wie ein Kavalier, und ist mir mit dem Stuhl behilflich. Ich nehme Platz, dann setzt auch Tom sich hin, und zündet die Kerze an, die auf dem Tisch steht. Ein Kellner kommt, und Tom schaut mich fragend an.

>>Was möchtest du trinken? Eigentlich wäre ein Glas Champagner zur Feier des Tages angebracht. Würde dir das gefallen?<<

Ich nicke ihm begeistert zu, und er bestellt eine Flasche. Der Kellner legt uns die Speisekarte auf den Tisch und geht.

>>Gefällt es dir?<<

fragt Tom und sieht mich an. Ich sehe ihm in die Augen und antworte:

>>Ich finde es herrlich. Du hast dir so viel Mühe gegeben, um einen schönen Abend für mich zu gestalten. Ich weiß das wirklich zu schätzen. Du bist ein wundervoller Mensch.<<

Er schaut mir eine ganze Weile in die Augen, dann antwortet er:

>>Ich freue mich schon so lange auf diesen Abend. Du hast mir schrecklich gefehlt. Ich

schätze an dem Sprichwort ‚man weiß nicht was man hat, bis man es verliert' ist was dran.<<

Ich laufe rot an. Es war mir nie bewusst gewesen, das Tom so von mir denkt. Es kommt mir fast so vor, als ob er in mich verliebt ist. Aber so ganz glauben kann ich das nicht. *Was soll denn ein gutaussehender und erfolgreicher Mann wie Tom, mit einer Frau, die im Gefängnis war, wollen?*

Ich werde aus meinen Gedanken geholt, als der Kellner kommt, und fragt, ob wir gewählt haben. Wir bestellen, und der Kellner geht wieder. Tom steht auf und meint, dass er gleich wieder komme, und geht in Richtung der Toilette.

Als ich mich im Raum umsehe, bemerke ich, dass zwei Pärchen, die in der gegenüber liegenden Ecke einen Tisch haben, mich mustern. Sie sehen immer wieder zu mir rüber und tuscheln, ich fühle mich plötzlich unwohl, und ich bin froh, als Tom zurück kommt. Ich lächle ihn an und versuche so zu tun, als ob nichts wäre. Doch Tom bemerkt sofort, dass meine Stimmung nicht mehr so ist, wie vorher.

Er legt seine Hand auf meine und fragt:

>>Fühlst du dich nicht wohl, Tracy?<<

Ich spüre das es wenig Sinn hat, ihm etwas vorzumachen. Ich lehne mich nach vorn und sage:

>>Ich glaube die zwei Pärchen da drüben, reden über mich, es ist mir unangenehm.<<

Tom nimmt meine Hand.

>>Wenn du gehen willst, dann gehen wir. Aber du solltest dir den Abend nicht verderben lassen. Das ist ein kleiner Ort, Dinge sprechen sich hier

schnell herum. Aber das Gerede wird früher oder später aufhören. Die Leute müssen halt immer über etwas tratschen.<<

Ich sehe noch mal, zu dem Tisch mit den Pärchen rüber. Als sie bemerken, das ich zu ihnen rüberschaue, drehen sie die Köpfe schnell weg. *Kaum auffällig,* denke ich mir, und wende mich wieder Tom zu.

>>Stört es dich nicht, wenn du mit mir gesehen wirst?<<

Tom schüttelt entsetzt seinen Kopf.

>>Wie in Gottes Namen, kommst du auf so etwas? Ich wäre doch heute Abend nicht mit dir hier, wenn das so wäre, oder? Du brauchst dich nicht zu schämen, weil du im Gefängnis warst, und ich schäme mich nicht dafür, mit dir gesehen zu werden. Du hast zwar einen leichten Hang dazu, in Schwierigkeiten zu geraten, das heißt aber noch lange nicht, dass du ein schlechter Mensch bist. Ich finde dich toll, so wie du bist.<<

Ich blicke ihm tief in die Augen, er meint ernst was er gesagt hat, und ich muss ihm recht geben. Es wäre wirklich dumm, mir den Abend verderben zu lassen. Ich habe mehr als genug bezahlt, für das was ich getan habe. Ich sehe ihn wieder an.

>>Du hast recht, ich lasse mir diesen Abend von niemandem wegnehmen. Zu lange habe ich davon geträumt, wieder wie ein normaler Mensch zu sein.<<

Er lacht.

>>Das ist meine tapfere Tracy!<<

Er hebt sein Glas, und wir stoßen an. Der Champagner prickelt auf meiner Zunge, und im

Handumdrehen habe ich einen Schwips. Immerhin habe ich über zwei Jahre keinen Alkohol getrunken.

Nachdem wir fertig essen sind, bezahlt Tom, und wir stehen auf und gehen. Als wir an dem Tisch mit den beiden Paaren vorbeikommen, nimmt mich Tom demonstrativ in den Arm, und wir verlassen das Restaurant. Wieder im Auto sieht er mich fragend an:

>>Müde?<<

Ich schüttle verneinend meinen Kopf. Ich bin zwar schon müde, aber ich will auf keinen Fall, dass der Abend schon endet. Erwartungsvoll sehe ich ihn an. Er lacht und fragt:

>>Möchtest du noch tanzen gehen?<<

Ich überlege einen Moment, und stimme dann zu. Tom lässt den Motor an, und fährt los. Nach zehn Minuten kommen wir im Dancing Cowboy an. Das Lokal ist recht voll, und es gibt keine freien Tische mehr. Tom geht auf einen Tisch zu, an dem noch zwei Plätze frei sind, und fragt höflich, ob wir uns dazusetzen dürfen. Die Frau sieht zu ihm auf, dann fällt ihr Blick auf mich, und sie antwortet:

>>Es wäre mir lieber, wenn nicht. Es gibt doch bestimmt noch andere freie Plätze.<<

Ich merke wie, Tom böse wird, und zupfe an seinem Ärmel.

>>Komm lass uns an einen anderen Tisch gehen. Es macht mir nichts aus.<<

Er zögert einen Moment, dann meint er:

>>Ich weiß zwar, dass das nicht stimmt, aber du hast recht, sonst verderben wir uns doch noch den Abend.<<

Er dreht sich von dem Tisch weg und sieht sich suchend um. Ein älteres Ehepaar winkt uns zu sich. Wir gehen auf den Tisch zu, und der Mann meint:

>>Hier, ihr könnt euch zu uns setzten, uns stört nicht, was die anderen zu stören scheint.<<

Beide lächeln mich freundlich an, und Tom sagt zu mir:

>>Setz dich schon mal hin, ich hole nur etwas zu trinken.<<

Etwas steif, setze ich mich auf den mir angebotenen Stuhl, und lächle das ältere Paar verlegen an. Die Frau beugt sich zu mir, und klopft mit ihrer Hand auf meine:

>>Ist schon gut, Kind, wir haben keine Vorurteile.<<

Ich laufe feuerrot an, und als Tom zurück kommt, fange ich schnell ein Gespräch mit ihm an. Das ist mir doch etwas peinlich.

Die Musik wird langsam, und Tom nimmt meine Hand und fragt:

>>Hast du Lust zu tanzen?<<

Ich zögere.

>>Na komm<<,

er hält mir seine andere Hand hin. Ich nehme sie, und stehe auf. Er führt mich auf die Tanzfläche. Dort angekommen legt er seine Arme um mich und zieht mich sanft zu sich heran. Es ist ein schönes Gefühl, von jemandem umarmt und gehalten zu werden, und ich lege meinen Kopf auf seine Schulter und lasse mich einfach gehen. Tom hebt mit seiner Hand meinen Kopf an, und sieht mir tief in die Augen. Ich erwidere seinen

Blick, dann beugt er sich zu mir runter und küsst mich zärtlich.

Mein Herz fühlt sich an, als würde es in meinem Kopf schlagen. Ich gebe mich einfach der Berührung seiner Lippen hin und bemerke dabei gar nicht, dass das Lied fertig ist. Als das nächste Lied anfängt, sieht er mir fragend in die Augen, und als ich ihn anlächle, nimmt er mich ganz fest in die Arme, und wir tanzen den Rest des Liedes eng umschlungen.

Es ist, als hätte die Welt angehalten und es gäbe keine Vergangenheit und keine Zukunft, nur jetzt und hier, und das ist wunderschön.

Aber auch dieser Abend geht vorbei, und Tom bringt mich nach Hause. Als wir die Auffahrt hinauffahren sehe ich, dass noch Licht im Haus brennt. Cathy wird doch nicht auf mich warten? Tom bringt mich noch bis zur Tür. Wir bleiben voreinander stehen, und er streicht mir sanft über die Wange.

>>Ich bin so froh, das du wieder zuhause bist. Während du im Gefängnis warst, hatte ich ständig Angst, dass dir etwas passiert. Und du hast mir schrecklich gefehlt.<<

Er nimmt mich wieder in den Arm, und küsst mich, und bevor wir uns verabschieden, frage ich ihn noch:

>>Wollen wir morgen ausreiten?<<

Und lachend füge ich noch hinzu:

>>Ich nehme auch Shadow, du kannst Eagle nehmen.<<

Auch er muss lachen, und er fragt noch:

>>Wann soll ich denn da sein?<<

Ich überlege einen Moment, dann antworte ich:
>>Kurz bevor die Sonne aufgeht.<<

Er schaut mich fragend an, dann zuckt er mit den Schultern und meint:
>>Na gut, wenn du dir das wünschst, dann bin ich morgen ganz früh da.<<

Er gibt mir noch einen kurzen Kuss zum Abschied, und dann geht er. Ich schaue dem Wagen noch nach, und gehe dann ins Haus.

Cathy sitzt auf der Couch, und winkt mich zu sich.

>>Ich habe einen Tee gekocht. Komm setz dich und erzähl mir, wie es war. Ich platze gleich vor Neugier!<<

Sie klopft mit der Hand auf den Platz neben sich und schaut mich erwartungsvoll an. Ich setze mich neben sie, und gieße mir einen Tee ein, und endlich kann ich mir so viel Zucker nehmen wie ich will.

Ich lehne mich zurück, nippe an meinem Tee und schiele Cathy grinsend an:

>>Er hat mich geküsst.<<

Cathy klatscht vor Begeisterung in die Hände, sie sieht mich prüfend an, um sicher zu gehen, das ich mich auch darüber freue. Und als ich es ihr mit einem breiten Grinsen bestätige, lacht sie erleichtert und meint:

>>Ich freue mich für dich. Ich freue mich für euch beide. Diese zweieinhalb Jahre waren auch für Tom eine harte Zeit, weißt du. Er hat dich schrecklich vermisst und auch Angst um dich gehabt. Aber das hat er dir bestimmt schon gesagt, oder?<<

Ich nicke. Ich freue mich natürlich, dass Tom offensichtlich mehr für mich empfindet, als ich dachte. Zumal auch ich mich zu ihm hingezogen fühle. Und gerade jetzt kann ich einen liebevollen Mann an meiner Seite brauchen.

Zum ersten mal seit langer Zeit bin ich wieder glücklich. Ich hoffe nur, dass nicht wieder etwas passiert, das mein Glück zerstören könnte.

Wir unterhalten uns noch eine Weile, und nachdem der Tee getrunken ist, gehen wir ins Bett. Cathy schaut noch mal zu mir rein und wünscht mir eine gute Nacht, dann schließt sie die Tür, und ich kuschle mich ins Bett. Es ist einfach wunderbar, ich habe genug Kissen und weiche warme Decken. Das Bett ist schön groß, und vor allen dingen lang genug. Ich schaue durch das Zimmer, Mondlicht fällt durch das Fenster ins Zimmer und erzeugt Schatten an der Wand. Aber diesmal sind es keine Schatten von Gitterstäben. Mein Blick fällt auf die Tür. Ich sehe sie eine ganze Weile an, dann stehe ich auf. Ich gehe zur Tür und öffne sie. Dann krieche ich zufrieden ins Bett und schlafe ein.

Am nächsten Morgen ist Tom schon lange vor Sonnenaufgang da, und ich koche uns einen Kaffee. Dann gehen wir raus zu den Pferden, putzen und satteln sie.

Als die ersten Sonnenstrahlen am Himmel zu sehen sind, reiten wir los. Und gerade als die Sonne über den Horizont kommt, kommen wir an einer langen Wiese an. Ich halte Shadow an, und schaue zu Tom. Der sieht mich fragend an. Ich lächle ihn an, und erzähle kurz von meinen Tagträumen im Gefängnis. Er sieht mich an, und

dann zum Horizont. Auch ich drehe mich wieder in diese Richtung. Es ist ein wunderschöner Anblick. Der Himmel ist wolkenfrei, und die Sonne erhebt sich wie ein Feuerball über die Berge. Shadow schnaubt nervös, und tänzelt auf der Stelle. Es kommt mir so vor, als wüsste er, was dieser Morgen mir bedeutet. Und als die Sonne fast komplett über den Bergen ist, gebe ich ihm die Zügel frei, und rufe Tom zu:
>>Jetzt!<<
Beide Pferde galoppieren mit einem Ruck an. Der Wind peitscht mir über das Gesicht und mein Herz rast fast so schnell, wie die Hufe der Pferde über die Wiese. Mein Kopf ist völlig frei von allen trüben Gedanken, und ich höre nur noch Schadows Schnauben. Ich kann das Glücksgefühl in mir nicht mehr bändigen, und mit einem lauten Freudenschrei werfe ich die Zügel über das Sattelhorn und strecke die Arme zur Seite aus.
Viel schöner kann Freiheit doch gar nicht sein.
Als wir von unserem Ausritt zurückkommen, hat Cathy bereits das Frühstück gemacht. Wir essen noch gemeinsam, dann verabschiedet sich Tom mit einem Kuss von mir.
Der Abend kommt, und da Cathy eine Verabredung hat, bin ich allein zuhause. Ein unangenehmes Gefühl kommt in mir hoch. Das ganze Haus ist ruhig, und ich merke, wie mir das Alleinsein in der Dunkelheit Angst macht.
Früher war ich oft allein auf der Farm gewesen, und nie hatte es mich gestört, aber heute ist es anders. Ich gehe auf die Veranda und sehe in die Dunkelheit. Noch nie zuvor ist mir aufgefallen,

wie einsam diese Farm doch liegt. Ich höre ein Rascheln neben mir, und schreie erschrocken auf. Ich sehe angestrengt in die Richtung, aus der das Geräusch kommt, und mache langsam ein paar Schritte rückwärts, auf die Haustür zu. Dann sehe ich, wie aus dem Gebüsch zwei Schatten kommen und in das Licht der Veranda treten. Erleichtert atme ich auf, als ich sehe, dass es nur Cäsar und Chico sind. Die Hofhunde, die von ihrer abendlichen Runde um die Farm zurückkommen.

Ich entscheide mich, besser wieder ins Haus zu gehen. Und versuche mich selbst damit zu beruhigen, dass die Hunde ja aufpassen. Ich setze mich auf die Couch, und mache den Fernseher an. Trotzdem bleibt ein ungutes Gefühl in mir, und wie gebannt höre ich auf jedes Geräusch. Bei jedem Rascheln und Knistern schrecke ich hoch. Eigentlich weiß ich gar nicht, wofür genau ich Angst habe, aber ich werde immer unruhiger, und ich wünsche mir, Cathy würde endlich zurück kommen.

Dann höre ich ein Auto, ich laufe zum Fenster, und versuche zu erkennen, ob es jemand ist, den ich kenne. In der Dunkelheit sind aber nur die Scheinwerfer zu sehen, und ich muss warten, bis der Wagen vor dem Haus hält. Als er am Ende der Auffahrt ist, ist zu erkennen, dass es Tom ist. *Gott sei dank,* denke ich mir. Ich laufe aus dem Haus und falle ihm um den Hals. Er lacht:

>>Ist irgendwas los? Oder freust du dich nur, mich zu sehen?<<

Verlegen darüber, dass ich Angst im Dunkeln hatte, schaue ich auf den Boden. Er legt seine

Hand unter mein Kinn und hebt meinen Kopf an, so dass ich ihn ansehe:

>>Hey, sag schon. Was ist denn los?<<

>>Ich, na ja, ich hatte Angst, so im Dunkeln, alleine. Ich weiß auch nicht, warum.<<

Ich laufe rot an, als Tom meinen Kopf an seine Schulter drückt und lacht:

>>Warum hast du mich denn nicht angerufen? Dann wäre ich doch früher gekommen. Oder ist dir das etwa peinlich?<<

Ich sehe ihn von der Seite an, und mein Blick bestätigt seine Vermutung.

>>Ach Tracy, das braucht dir doch nicht peinlich zu sein. Vor mir schon gar nicht. Es ist doch ganz normal, dass deine Nerven auf das, was du alles erlebt hast, reagieren. Die letzten Jahre waren hart. Gib dir doch ein bisschen Zeit, um damit fertig zu werden.<<

Er sieht mir in die Augen und fügt noch hinzu:

>>Außerdem konnte ich dich im Gefängnis nicht beschützen, also gib mir doch jetzt die Chance dazu.<<

Er legt den Arm um mich, und wir gehen ins Haus.

Im Wohnzimmer machen wir es uns auf dem Teppich bequem, Tom öffnet eine Flasche Sekt, die er mitgebracht hat, und gießt zwei Gläser ein. Dann zündet er eine Kerze an und stellt leise Musik ein.

Ich lege mich zurück in seine Arme und sehe ihm tief in die Augen. Er streicht mir sanft eine Strähne aus dem Gesicht, dann beugt er sich zu mir runter und küsst mich. Ich spüre, wie mein Puls schneller wird, und aus dem zärtlichen wird langsam ein leidenschaftlicher Kuss. Langsam öffnet er meine Bluse, und ich gebe mich mit geschlossenen Augen seinen Berührungen hin. Erst jetzt merke ich, wie ausgehungert ich nach Liebe und Zärtlichkeit bin. So leidenschaftlich wie Tom ist, merke ich, dass er schon lange auf diesen Augenblick wartet, und auch ich habe mich danach gesehnt. Die Stunden vergehen, und wir beide geben uns unserer Liebe hin, die so lange verhindert wurde.......

Tom greift nach den Sektgläsern, und wir stoßen an. Ich setze das Glas gerade zum trinken an, als ich bemerke, dass etwas in meinem Glas ist. Ich halte es hoch in das Licht der Kerze, und kann meinen Augen kaum trauen. Ich trinke das Glas schnell leer, und drehe es über meiner Hand um. Ich kann es kaum glauben, aber da in meiner Hand liegt ein nasser Diamantring.
Meine Hand fängt an zu zittern, und ich sehe Tom sprachlos an. Er lächelt, sieht mich fragend an und meint leise:
>>Willst du?<<
Mir kommen die Tränen, und mein Hals ist wie zugeschnürt. Ich sehe noch mal auf den Ring in meiner Hand, als müsste ich mich versichern, dass ich das nicht träume. Ich sehe wieder Tom an, und er zieht fragend die Augenbrauen hoch. Ich versuche durch die Tränen ein Lächeln zustande zu bringen und nicke. Tom atmet tief auf, nimmt den Ring aus meiner Hand und steckt ihn mir an den Finger. Dann nimmt er mich in den Arm und hält mich so fest, als wollte er mich nie wieder loslassen.

Wir hören ein Auto die Auffahrt hochkommen. Schnell springen wir auf, ziehen uns an, und gerade als wir uns auf die Couch setzen, kommt Cathy die Tür rein:

>>Hallo ihr beiden! Habt ihr einen schönen Abend gehabt?<<

Wir beide nicken eifrig, Tom steht auf und sagt zu ihr:

>>Cathy, du sollst die erste sein, die die Neuigkeit erfährt.<<

Er greift nach mir und zieht mich zu sich. Dann nimmt er meine Hand und zeigt Cathy den Ring an meinem Finger. Cathys Augen werden groß, und sie sieht uns mit offenem Mund an.

>>Ihr habt euch verlobt?<<

Wir nicken freudestrahlend, und sie fällt uns beiden um den Hals:

>>Das ist ja wundervoll, ich freu mich so für euch. Herzlichen Glückwunsch!<<

Cathy bekommt auch ein Glas Sekt eingeschenkt, und wir stoßen gemeinsam an. Dann verabschiedet sich Tom, und ich begleite ihn noch vor die Tür. Dort küsst er mich noch mal leidenschaftlich und sagt:

>>Ich möchte dich gerne meinen Eltern vorstellen. Ist dir morgen Abend recht?<<

Ich nicke, und er fragt:

>>Sagen wir 7:00 Uhr? Soll ich dich holen, oder nimmst du dir Cathys Wagen?<<

Ich überlege einen Moment und antworte:

>>Ich denke, ich nehme Cathys Auto, dann musst du den Weg nicht doppelt fahren.<<

Er nickt und küsst mich noch mal zärtlich, dann geht er.

Ich komme zurück ins Haus und Cathy kommt auf mich zugerannt. Sie schnappt mich an den Schultern und fragt ganz aufgeregt:
>>Er hat dich wirklich gefragt, ob du ihn heiraten willst? Wie? Erzähl mir alles und lass ja keine Einzelheit aus.<<
Sie zieht mich auf die Couch, und ich fange an zu erzählen. Als ich fertig bin, sieht sie mich an. Sie legt ihre Hand auf meine Wange und meint:
>>Ich freue mich wirklich für dich, Tracy. Du hast es verdient, glücklich zu sein. Und mit Tom hast du einen guten Mann gefunden. Ich bin mir sicher, dass ihr glücklich werdet.<<
Wir sitzen noch eine ganze Weile beieinander und reden. Als ich dann ins Bett gehe, kann ich nicht gleich einschlafen. Ich liege noch eine ganze Weile wach und versuche zu erfassen, was heute Abend passiert ist. Irgendwann schlafe ich ein und träume von einer wunderschönen Hochzeit.

Am nächsten Morgen stehe ich recht früh auf, weil ich noch etwas zum Anziehen für den Abend kaufen will. Ich leihe mir das Auto von Cathy und fahre in die Stadt. Dort angekommen steure ich das erste Geschäft an.

Ich betrete den Laden und gehe gleich in die Abteilung für Kleider. Ich finde meine Größe und fange an sie durchzusehen. Eine Verkäuferin kommt auf mich zu, und ich erwarte, dass sie mich fragt, ob sie mir helfen kann, aber sie bleibt in einem gewissen Abstand von mir stehen, und beobachtet mich nur. Als ich sie fragend ansehe, sieht sie schnell in eine andere Richtung und tut so, als würde sie mich gar nicht bemerken. Ich wende mich wieder den Kleidern zu, und suche mir drei heraus die mir besonderst gut gefallen. Ich nehme sie von der Stange und steure auf eine Umkleidekabine zu.

Die Verkäuferin folgt mir und beobachtet genau, was ich mache. Auf dem halben Weg bleibe ich stehen, drehe mich zu ihr um, und frage sie:

>>Gibt es ein Problem damit, dass ich diese Kleider anprobieren will?<<

Erschrocken sieht sie mich mit großen Augen an. Eine Kundin, die in der Nähe steht, eilt herbei und verteidigt die Verkäuferin:

>>Da brauchen sie sich nicht zu wundern, jeder hier weiß, dass sie im Gefängnis waren. Da muss man ja aufpassen. Nachher fehlen noch Sachen.<<

Verachtend sehen die beiden mich an. Rot vor Scham stehe ich vor den Kabinen, und weiß im ersten Moment gar nicht, wie ich reagieren soll. Ich schaue noch mal auf die Kleider in meinem Arm, dann entscheide ich mich sie hinzulegen, und versuche, mit etwas Würde das Geschäft zu verlassen.

An meinem Auto angekommen, steige ich schnell ein und knalle die Tür des Wagens zu. Tränen laufen mir über die Wangen, und ich bin mir nicht sicher, ob ich weine, weil mich das verletzt hat, oder ob es Tränen der Wut sind.

Beim nächsten Geschäft angekommen, traue ich mich fast nicht, rein zu gehen. Aber ich überwinde mich.

Auch dort werde ich schief angesehen, aber trotz allem werde ich fündig. Froh über das schöne

Kleid und in Vorfreude auf den Abend fahre ich nach Hause.

Als der Abend kommt, mache ich mich fertig und fahre zu Toms Eltern. Als ich dort ankomme, steht Toms Auto bereits vor dem großen Haus, und etwas nervös gehe ich zur Eingangstür. Ich brauche nicht zu klingeln, da Tom mich schon entdeckt hat und an die Tür kommt, um mich zu empfangen.

Er gibt mir einen zärtlichen Kuss und macht ein Kompliment über mein neues Kleid. Wir gehen in das Esszimmer und werden dort von Toms Mutter und Vater begrüßt. Toms Vater ist sehr nett, seine Mutter allerdings erscheint mir sehr kühl. Sie gibt sich zwar viel Mühe, freundlich zu sein, aber ich kann ihre Abneigung spüren.

Nachdem wir etwas geredet haben, setzen wir uns zum essen hin. Das Gespräch beim Essen bleibt oberflächlich, bis Tom seinen Eltern eröffnet, dass er die Absicht hat, mich zu heiraten. Toms Vater sieht eher erfreut aus, aber seine Mutter sieht erst ihn und dann mich an. Mit einem Lächeln bittet sie Tom, er möchte ihr doch etwas in der Küche helfen. Tom steht auf und folgt ihr aus dem Raum. Ich sehe, wie Toms Vater die Augen verdreht und den Kopf schüttelt. Er lächelt mich an und versucht ein Gespräch. Als Tom nach einer Weile nicht zurückkommt, entscheide ich mich dazu, das Geschirr in die Küche zu bringen. Ich möchte ja schließlich einen guten Eindruck machen. Ich räume die Teller zusammen und sage zu Toms Vater: >>Ich sehe mal nach, ob ich etwas helfen kann.<<

Und ehe er etwas sagen kann, bin ich schon auf dem Weg in die Küche.

Als ich kurz vor der Küchentür bin, kann ich sehen wie Tom und seine Mutter voreinander stehen und diskutieren. Ich gehe etwas zur Seite und bleibe stehen. Dann höre ich Toms Mutter sagen:

>>Das kann nicht dein Ernst sein Tom. Du willst doch nicht allen Ernstes diese Frau heiraten. Bist du denn von allen guten Geistern verlassen? Das kannst du mir nicht antun, stell dir nur mal das Gerede vor. Es gibt doch weiß Gott genug anständige Frauen.<<

Tom fällt seiner Mutter ins Wort:

>>Tracy ist eine anständige Frau!<<

Seine Mutter sieht ihn entsetzt an:

>>Ach ja? Und weil sie so anständig ist, hat sie im Gefängnis gesessen. Ich bitte dich. Ich will keine Verbrächerin zur Schwiegertochter. Es ist mir ja schon vor den Nachbarn peinlich, dass sie heute Abend in meinem Haus ist. Ich dachte, du willst nur nett sein und ihr helfen, auf den richtigen Weg zurückzukommen. Hätte ich geahnt, dass du romantische Gefühle für diese Person hast, hätte ich sie nie ins Haus gelassen.<<

Ich bin so entsetzt, dass mir ein Teller rutscht und beinahe zu Boden fällt. Scheppernd fange ich ihn gerade noch auf.

Tom sieht erschrocken zur Tür:

>>Tracy! Wie lange stehst du schon da?<<

Ich stelle die Teller auf einer Kommode neben mir ab und antworte:

>>Lange genug!<<

Er kommt auf mich zu. Ich gehe ein paar Schritte rückwärts und wehre ihn ab. Dann drehe ich mich um und renne aus dem Haus. Ich zerre die Autoschlüssel aus meiner Handtasche und lasse sie fallen. Als ich sie aufhebe, höre ich, wie Tom aus dem Haus gelaufen kommt und ruft: >>Tracy! Warte doch. Bleib bitte hier! Tracy!<< Zitternd schließe ich die Wagentür auf, und steige in das Auto ein. Schnell stecke ich den Schlüssel in das Zündschloss, und als Tom fast am Auto ist, fahre ich mit quietschenden Reifen davon. Im Rückspiegel kann ich noch sehen, wie er dem Auto ein kleines Stück hinterher rennt, bevor er auf der Straße stehen bleibt und mir nachsieht.

Ich komme schnell an die Stadtgrenze und fahre aus dem Ort, auf die Landstraße raus. Enttäuscht und weinend rase ich die Straße entlang. Nach ein paar Kurven, die ich gerade so mit quietschenden Reifen schaffe, sehe ich im Rückspiegel Blaulicht. Mein Herz bleibt kurz stehen, und ich gebe kurz noch mehr Gas. Aber als der Wagen dann fast außer Kontrolle gerät, fahre ich dann doch lieber an die Seite. Das Polizeiauto hält hinter mir, und ein Beamter kommt vor, und klopft an die Scheibe. Mit zitternder Hand drehe ich das Fenster runter, und sehe ihn an.

>>Wissen sie, dass sie die Geschwindigkeitsbegrenzung, fast um das zweifache überschritten haben?<<

Ich sehe ihn nur ängstlich an.

>>Kann ich bitte mal ihren Führerschein und die Fahrzeugpapiere sehen?<<

Wie in Trance hole ich meinen Führerschein raus, und gebe ihn dem Beamten. Er sieht ihn sich an, dann fragt er erneut nach den Fahrzeugpapieren.

>>Ich fürchte, die hab ich nicht dabei, der Wagen ist nur geliehen, aber sie können ja meine Freundin anrufen und sie fragen<<,

stammle ich nervös. Der Kollege des Polizisten kommt zurück und sagt zu seinem Partner:

>>Ich habe ihre Personalien überprüft, ist vor ein paar Tagen erst aus dem Gefängnis entlassen worden.<<

Der Polizist dreht sich zu mir um, und fordert mich auf:

>>Miss. Würden sie bitte aus dem Wagen aussteigen und die Hände auf das Dach legen. Schön langsam.<<

Inzwischen habe ich so viel Angst, dass ich mich kaum noch bewegen kann. Ich folge langsam seinen Anweisungen, und als ich die Hände auf das Dach lege, tastet er mich ab und nimmt erst eine Hand auf meinen Rücken, und dann die andere. Ein unangenehm vertrautes Gefühl kommt in mir hoch, als die Handschellen einrasten und ich in das Polizeiauto gesetzt werde. Die Beamten stellen Cathys Auto noch sicher, dann fahren wir zurück in die Stadt.

Als wir auf der Wache ankommen, werden noch ein paar Daten aufgenommen, und ich werde in ein Zelle gebracht. Die Gittertür rastet mit einem lauten Geräusch ein, und wieder sitze ich im Gefängnis.

Völlig fertig von der Aufregung des Abends, setzte ich mich in die äußerste Ecke der Zelle auf den Fußboden, und ziehe meine Knie ganz nah an mich ran.

Oh Gott, was mach ich denn jetzt nur, das kann doch nicht schon wieder passieren. Ich vergrabe mein Gesicht in meine Arme und weine fürchterlich. Ich zittere am ganzen Körper, meine Nerven spielen einfach nicht mehr mit.

Ich weiß nicht, wie lange ich so da sitze, bis ich im Gang Schritte und dann zwei Männerstimmen höre:

>>Danke, dass du mich gleich angerufen hast, Sam.<<

>>Ist kein Problem, Tom, ich werd noch mal ein Auge zudrücken, und keinen Bericht schreiben. Bleib heute Nacht am besten bei ihr, nicht, dass sie noch was Dummes macht.<<

Inzwischen sind sie an meiner Zellentür angekommen, und Sam schließt sie auf. Ich hebe meinen Kopf und sehe wie Tom auf mich zukommt. Er kniet sich neben mich, nimmt mich vorsichtig in den Arm und sagt mit sanfter Stimme:

>>Hey Kleines, komm her, ist ja gut, ich bin ja da.<<

Zärtlich streicht er über mein Haar, und versucht mich zu beruhigen. Er sieht mir in die Augen und meint:

>>Ist alles in Ordnung?<<

Ich sehe zu ihm auf und sage leise unter Tränen:

>>Ich will hier raus. Bitte bring mich hier weg. Ich darf doch mit dir kommen, oder?<<

>>Ja, mach dir keine Sorgen, ich nehm dich mit. Du musst nicht hier bleiben. Du hast Glück, dass Sam wusste, wer du bist. Na, komm.<<

Er hilft mir aufzustehen, ich bekomme meine Handtasche zurück, und wir gehen zu Toms Wagen.

Als wir einsteigen, sieht Tom mich an und meint: >>Cathy ist nicht zuhause, und ich will nicht, dass du heute Nacht allein bist. Wie wäre es, wenn du mit zu mir kommst?<<

Ich sehe stumm nach unten und nicke. Tom fährt los, und nach zwanzig Minuten kommen wir bei seiner Wohnung an.

Tom kocht einen Tee und setzt sich zu mir auf die Couch. Ich trinke einen Schluck und kuschele mich bei ihm an:

>>Es tut mir leid, dass ich dir schon wieder Kummer gemacht habe.<<

Er legt den Arm um mich und gibt mir einen sanften Kuss auf den Kopf:

>>Nein, mir tut es leid. Ich hätte wissen müssen, dass es Probleme mit meiner Mutter geben könnte. Ich hätte dich besser darauf vorbereiten müssen. So hab ich dich ins offene Messer laufen lassen. Ich hätte vielleicht erst mit meiner Mutter reden sollen. Es tut mir leid, ich wollte nicht, dass sie dich verletzt.<<

Ich stelle meine Tasse auf den Wohnzimmertisch, und lehne meinen Kopf wieder an seine Brust.

>>Es wird nie aufhören, oder? Solange ich in dieser Stadt bin, werde ich immer eine Kriminelle sein. Überall sehen die Leute mich schief an. Ich kann nicht mal in Ruhe ein Kleid kaufen.<<

Tom holt Luft und will mir antworten, da klingelt es an der Tür. Er steht auf, öffnet sie, und eine völlig abgehetzte Cathy herein gestürzt, dicht gefolgt von Bryan.

>>Tom, ist sie bei dir? Was um Himmels Willen ist passiert? Als ich nach Hause kam, war ein Anruf von der Polizei auf meinem Anrufbeantworter, ich solle wegen meines Autos auf die Wache kommen. Da haben sie mir gesagt, dass sie Tracy verhaftet haben.<<

Sie geht an Tom vorbei und entdeckt mich auf der Couch. Sie kommt rüber, setzt sich zu mir und streicht mir über die Wange.

>>Du lieber Gott, du siehst ja fürchterlich aus. Würde mir bitte mal jemand sagen, was vorgefallen ist?<<

Tom und Bryan setzen sich zu uns, und Tom erzählt, was bei seinen Eltern vorgefallen war. Und noch während sich die drei unterhalten, schlafe ich erschöpft auf der Couch ein. Ich bekomme nur noch mit, dass Tom mich mit einer Decke zudeckt und dass Cathy und Bryan leise gehen.

Als ich am nächsten Morgen wach werde, hat Tom bereits Frühstück gemacht. Ich setze mich zu ihm an den Tisch und gieße mir eine Tasse Kaffee ein. Tom sieht mich an und sagt:

>>Du, ich habe mir Gedanken gemacht. Ich glaube, es würde dir mal gut tun, von allem hier weg zu kommen und ein bisschen Abstand zu gewinnen. Ich habe schon mit meinem Chef geredet, ich könnte zwei Wochen Urlaub bekommen. Wie wäre es, wenn wir in Urlaub fahren? Nur wir zwei, damit du ein wenig Ruhe findest. Ein Freund von mir hat ein kleines Haus in Florida, direkt am Strand. Das könnten wir für

zwei Wochen haben. Würde dir das gefallen?<<
Ich sehe ihn mit großen Augen an:
>>Nach Florida? In ein Haus direkt am Strand?
Nur wir beide? Ob mir das gefallen würde? Und
ob mir das gefallen würde!<<
Ich springe auf und falle ihm um den Hals.
>>Wann wollen wir fahren?<<
Tom lacht und antwortet:
>>Wenn wir fertig gefrühstückt haben, packe ich
meine Sachen, und dann fahren wir zu Cathy.
Und wenn du gepackt hast, kann's losgehen.<<
Ich gebe ihm einen dicken Kuss auf die Wange,
und trinke schnell meinen Kaffee. Tom packt
zusammen, was er braucht, und wir machen uns
auf den Weg, meine Sachen zu holen. Dann
verabschieden wir uns von Cathy, und die Fahrt
geht los.
Die Reise verläuft reibungslos, und nach vielen
Stunden kommen wir an unserem Ziel an.
Das Haus liegt tatsächlich direkt am Strand, es
ist ein wunderschöner Ausblick. Die Sonne geht
gerade auf, und der Himmel ist klar. Tom sieht
mich an und fragt:
>>Möchtest du runter ans Wasser gehen?<<
Ich nicke und antworte:
>>Ja, da freue ich mich schon seit Stunden
drauf. Aber würdest du mich vorgehen lassen?
Ich wäre gerne einen Moment allein.<<
Er lächelt und gibt mir einen Kuss:
>>Natürlich, geh nur, ich komme dann nach.<<
Ich laufe aus dem Haus, runter zum Wasser.
Dort bleibe ich stehen, ziehe meine Schuhe aus,
und gehe mit den Füßen ins Wasser.

Es ist kalt, aber der Moment ist so überwältigend, dass mir die Kälte nichts ausmacht. Ich finde sie in dieser Sekunde sogar schön. Dies ist das schönste kalte Wasser, das mich in einer solchen Herrgottsfrühe jemals zum frieren brachte. Ich sehe hinaus auf das Meer, diese endlose Weite ist atemberaubend. Der salzige Wind weht mir um das Gesicht, und zwischen meinen Fußzehen kann ich den nassen kühlen Sand spüren. Die Wellen spielen sanft um meine Knöchel, und ich bekomme Gänsehaut.